ハヤカワ文庫JA

〈JA1407〉

JKハルは異世界で娼婦になった summer

平鳥コウ

早川書房

8449

目次

JKハルは異世界で娼婦になった

summer

いつかヒーローみたいに君のこと救いたかった

《トラック暴走事故まで六時間四十五分》

昨夜の死闘を引きずるようにざらついた朝。曇天は闇の残り香のように重く太陽の目を閉ざしている。俺にとっては好ましい冷たさ。高校生という昼の職業《なりわい》にふさわしい顔にゆっくりと戻れる。口の中には、まだかすかに血の味が蘇《よみがえ》るけど。

血は銅の味がする。

いや、鉄だったっけ？　まあ俺はどっちも飲んだことないし知らないけど、なんで金属味なんだよ。ウソくせえな。

というか血の味がするのもウソだしな。ケガなんてしてないし、夜中までアニメ観たりラジオ聴いてただけ。眠い。

近所の業務用スーパーで買った安いコーラを飲みながらバスに乗る。

同時に、素早く視線を走らせる。同じ制服を着たやつらと高齢者だけだ。怪しいやつはいない。

もし、いかにもバスジャックしでかしそうな男が乗っていたら、俺はまず後部座席で何食わぬ顔をしている、サラリーマン風の共犯者を先に特定するだろう。よくあるパターンだ。でもそんなやつはどこにもいなかった。いるわけない。バス出発。

凡百の高校生どもを詰め込んだ車内は、くだらない雑音で満ちている。

特にカップルっぽい男女の話なんて聞きたくもないノイズ。完全に俺の中で音を消している。うらやましいから。

部活してそうな先輩後輩の会話もすげぇ嫌い。そんな宇宙食みたいなドリンクをちゅうちゅう吸ってるおまえらより、一・五リットルボトルの聞いたこともないメーカーのコーラ飲んでる俺のほうがよっぽどやべえし。

そいつを小脇に抱え、入り口近くの手すりにもたれて文庫を開く。ブックカバーなんて軟弱なものはヒロインに失礼だから俺はしない。おまえは、好きな子の顔を隠したまま語り合いたいと思うか？　ブックカバーごしに抱きしめたいと思うか？　俺はそうは思わない。あと抱きしめたいから早く枕になってほしい。

いつもなら、アニメ化したときの彼女のCVと決めている声優の曲も聴きながら読んでいるのだが、昨夜ラジオで俺のメールがスルーされたことにキレてヘッドホンを投げたら壊れていた。

世の中は理不尽だ。早く俺も異世界に行って、ヒロインの声を生で聴きたい。

「あー、その人、知ってるかも。南高のサッカー部でしょ。あたし友だちだよ、たぶん」

Ａ六判の世界に没頭しているうちに次のバス停に着いてて、女子たちが乗り込んできた。

俺はとっさに本の表紙で顔を隠してやりすごす。特に理由はないが、同じクラスの女子と教室以外で会うのはストレスだからステルス決めることにしている。

だから俺は見つかっちゃいないが、通り過ぎていくときに、なんていうか、すっげえ、その、いい匂いがして焦った。

なんだあいつ。変態かよ。何をつけたらそんなお菓子みたいな体臭になるんだよ。

小山《こやま》ハルめ。

「ほらライン入ってた。これ、この顔じゃない？」

「それー。ハル、なんで知ってんの。やらしー」

「彼氏つながりだよ、普通に。サッカー部だし」

べつに彼氏がいることくらい、そんなしつこく自慢しなくても知ってるし。

俺は教室でも孤高の存在で通ってるし、現実の生命体にはあまり興味ないから話したことはないけど、小山ハルとかあのグループは声がでかいから、だいたいのプロフは知っていた。

今の彼氏が高校で二人目だってこととか。あと、なんか遠いとこからバス二本も乗り継いで通ってるとか。

たまたま小山ハルって女が、ブスばっかりのうちのクラスの中でまあまあまともな顔してたし、いつも大勢の輪の中にいてイヤでも目立つから、なんとなく頭のすみっこに情報として残ってるだけ。特に興味はなかった。

俺はうるさい車内に内心でやれやれしながら異世界へと戻る。そこでは挿絵の異世界ヒロインが、姫騎士ドレスを着てパンチラしながら主人公と腕を組んでいた。

こんな格好が似合いそうな女子、現実の世界にはそんなにいないし。

クラスで一人、いるかいないかだ。

《トラック暴走事故まで六時間三十二分》

豚どもの教室に入る。テロリストはいない。

今日も平和だ。なんて退屈なセリフを、いつまで俺に言わせるつもりなのか。学び舎という名のＺＯＯめ。

「うわビックリした⁉」

白い物体が、いきなり目の前を横切って壁を跳ねる。ボールだ。おそらく野球とかいう球技の。

「お、千葉。ごめん。投げて」

モブの男子が俺に向かって手を広げる。しかたなしに俺は拾って投げてやる。

なんだこれ。思ってたより重い。肩を悪くしそう。

「サンキュ」

そいつはさっさと他のモブとのおしゃべりを再開する。

さて、と俺は考える。

まずこいつは俺に謝ったか？　あぁ、「ごめん」とか言ったな。拾ってやった礼は？

それも言ってたな、たしか。

じゃあ……キレる理由はないか。命拾いしたなぁ、きみ。俺はキレたらマジで何をするかわからないからな。

でも、なんだろう。モヤモヤする。なんとなく舐められてる気がする。

というか謝ったと言えるのか、今のが？　もっとこう申し訳なさそうな感じを出せねーの。俺はすげぇビックリしたし、床に落ちたボールも拾って投げてやったんだぞ。

「ん、どうかした？」

じっと睨んでいたら、そいつが振り返った。驚いたな。俺の《念》を感じ取れる程度の適性はあるらしい。

俺は「なんでもないし」と、ニヒルな笑みを浮かべ、あえてそれ以上は何も言わずに去った。命まで殺《と》るつもりはないので、《念》での忠告のみに留めておく。

便利な能力だ。余計なバトルをしなくて済む。

まあ、こんな個性しちゃってるせいで、俺はクラスでも孤高の存在扱いされるんだけど。

「お、来たな」

カバンを置くと、隣の席の男が遠慮ない笑顔を向けてくる。

関口《せきぐち》と言って、このクラスで俺と対等に話せる数少ない男の一人だ。つまり、あくの強い連中ばかりのこの学校でも、特にやばいほうのやつ。

「観た？」

と、関口が聞いてくる。「観た」と、俺もそれだけ答える。

「へっへへ〜」

そして、至高の時間を共有した者同士の笑みを浮かべあった。

昨夜の空《そら》ダン（深夜アニメ『空色ダンジョン〜セカンドツアー〜』）は神回だった。あのシーンは日本のメディア史において長く語り継がれると思う。むしろ永遠に。なにしろ、なんていうか最高だったんだ。語らずにはいられないんだ。

「ゆふみんが『揉みたいんですか？』って胸を近づけるとこ――」

「雲のゴーレムに竜空挺団が突撃するシーン――」

意見が衝突した。価値観の暴走事故だ。

関口が、メガネをドリブルするみたいに何度も突き上げて顔を赤くする。

「きみはエッチなやつだな！」

「いやいや、ちげーしっ。ギャグだし。もちろん俺もそこですよ。竜空挺団のあれ！」

つーか、あれってそんなによかったか？　むしろ、ゆふみんのちっぱいの柔っこそうな揺れ具合のほうがマジの神作画だったじゃん。

でも関口なんかにエッチだってバカにされるのも癪《しゃく》だから、話を合わせてやるけど。

「そう、あの場面での団長のセリフが熱い！　しかも副団長の、わかってましたってあの感じ」

関口は、自分のほうこそ熱く弁をふるって盛り上がる。俺は適当に相づちを打ったり、ゆふみんのことを考えたりしながら適当に聞き流す。

一度事故っちゃうと、好きなアニメの話でもなんか盛り上がれない。関口は嫌いじゃないけど、他人の空気を読まないアレがあるよな。まったく。

教室の真ん中では、小山ハルとかの集まりがゲラゲラ笑ってた。さっきの野球モブが、彼女の背中にボール入れて叩かれたりしてる。

俺は関口との会話に真剣になり、できるだけ大きな声でしゃべった。

《トラック暴走事故まで四時間七分》

ふぁ〜あ。

俺は背もたれに体を預けて伸びをする。

ったく、退屈な授業だ。現代社会なんて学んだって、社会に出てから何の役に立つんだよ。いや、確実に何かの役に立つのはわかってるけど、つまんないんだよ。政治とか。

なんとなく、まあ、小山ハルのほうでも見てみる。

頬杖をついて、ノートに何か書いてる。たぶんだけど授業と関係ないこと。教師の似顔絵とか、くだらないイラストが上手いみたいだから。見たことないけど。そういうつまんないことで盛り上がれる連中だ。

教室という世界は狭い。その狭さを知っているやつは何人くらいいるだろうか。

ここを世界のすべてだと勘違いして、支配者の一人にでもなったつもりで過ごしている連中はゴロゴロいるが、自分の矮小《わいしょう》さはきっとわかっていない。

小山ハルもその一人だ。

と、みんな思っているだろう。でも、違うかもしれない可能性も俺は感じていた。

なぜなら、時々すっげえ冷めた顔をしているからだ。

ここではない世界で呼吸をしていた。自分の命と精神をぎりぎりの状況に置いたこともある。その経験者の目をしていた。

俺もそうだったからわかるんだ。

小山ハルはひょっとして——本当は、俺たちとアニメの話がしたいんじゃないかと思うんだ。

そのとき、教室の空気が一変した。

生温かい気配が降りてくる。影のように。

その『予兆』が体に触れる寸前で、俺は床を蹴って天井まで飛んだ。背後の黒板にヒビが走り、砕け散るのはほぼ同時だった。

ほんの僅かな壁との隙間に発現したのは、漆黒のオオサンショウウオを思わせる、小型車ほどの生物だった。

いや、生物と呼ぶのは正しくない。こいつは異界からのスパムメール。人類滅殺を目的とする自律型敵性情報集合体『ワーム』が、生物の形を真似ているだけだ。

それにしても、こいつのサイズはでかすぎる。フィルタが機能してないのか。『ファイアウォール』の公務員どもは何をしている。

砕け散る教室と机。先刻までクラスメートだったやつらがひと飲みで数人消えた。天井灯を蹴ってワームの背後に降り立っていた俺は、ベルトからアバストガン《ver.裁截る咆哮》を取り出して照準を合わせる。同時にスマホの画面でアプリの起動を確認する。

俺の相棒が作ってくれた名もないアプリだ。こいつがアバストガンの反応からファイアウォールのDB《データベース》を検索し、ワームの正体を推定してワクチンプログラムを生成してくれる。

だが、いくら彼女が国際指名手配もされている有名な美少女天才クラッカーとはいえ、さすがに世界統合防衛機構のサーバからアプリ一つで拾ってこれる情報は、一世代前のバックアップコピーが限界。このワームがまったくの最新種ならお手上げだ。

ワームはその太い首を回してこちらを振り返る。見覚えのあるメガネが、その口の端にぶら下がっていた。

ウソだろ――。

俺の隣で、いつもアニメの話ばかりしていた悪友のスケベな笑みがよぎる。

視界が血の色に染まっていく感覚。だけど理性ギリギリで食い止める。キレるな。また区を一つ壊滅させちまうぞ。あんな痛み――人生で三度も必要ない。

しかしバッドニュースは続く。DB照合結果は『該当なし』、つまり敵は新種《ジョーカー》だ。

内心で舌打ちしつつ発砲する。ひたすらトリガーを引く。アバストガンとアプリに手当たり次第に検証させて、こいつのワクチンが精製されるまで弾を当てていくしかない。ぶっ殺せるまで、撃て、撃て、撃てだ。

他の生徒も、ようやく事態を飲み込んで悲鳴をあげて逃げ出す。反応おせーよ。俺が食い止めてる間に、さっさとしっぽ巻いて逃げろ。

ワームは俺に狙いを定め、ヤリのような触手を口から何本も伸ばしてくる。見たこともない攻撃パターン。俺は床や机を蹴ってかわしながら、やつの体にひたすら弾を当ててデータを採取する。

アプリにはエラーログだけが溜まっていく。すべての推定から外れる完全新種？ いや、まさかだろ。大がかりな変異創成に必要な情報は、三年前に俺たちがつぶしているはず。

それとも、取り逃がしてしまったもう一つの進化可能性、『亜DAM』が――。

「た、たすけてぇ」

か細い情けない声が助けを求めている。野球モブ野郎が、腰を抜かして机の下を這っていた。

ちぃっ、なにやってんだ。

スマホを尻ポケットにつっこんで、背中からもう一丁のブラストガン《ver.無音の狂乱》を取り出す。どっちも二世代前のベレッタ・モデルだが、ルート化して俺に合わせた調整をしてある。あんまり派手にやっちまうとファイアウォールの連中に見つかる恐れもあるが、そうも言っていられない。

両手で発砲しながら、机を踏んで飛ぶ。伸びてくる触手を回転してかわし、野球モブの尻を蹴り上げる。

「早く逃げろ、モブ男！」

「あ、ありがとう千葉くん！」

もたもたと這い出る男の盾になり連射する。しかし肝心のワクチンは当たらない。バッテリー残量が警告の点滅を始める。

おいおい。せっかく派手に構えてやったのに、先にこっちが音を上げてゲテモノ野郎にぱくりなんて、笑えないオチかよ。

いいや、それはないね。俺は最初に蹴り砕いた天井灯の中に仕込んでおいた予備バッテリーを――

銀色の刃が、ワームの中心線上を真っ直ぐに走った。

動きを止めた黒い巨体が、ずるりと半裂きになり、中身の情報体が流れ出てくる。

崩れ落ちていく巨体の上に立っていたのは、同じ学校の制服を着た女子。右手には日本刀のレプリカを握っている。炎と五芒星《ごぼうせい》を配した柄《つか》は、『ファイアウォール』正式装備の証だ。

短いスカートを翻《ひるがえ》して着地し、彼女は――小山ハルは、最新型のアバストガンを取り出して、背後の床にタールのように広がっていく情報体の残骸を撃つ。

いや、残骸ではなかった。モザイク状の波紋を広げ、活動反応を示しながら消滅した。そっちが本体か。つまり敵は最新種の『トロイ』だ。俺が本体だと思って攻撃していたのは、単なる物理攻撃情報体のみの外装だったということか。はいはい、情弱ですみませんね。なにしろ野良なんで。

クリーニングされた現世の情報。つまり飲み込まれた関口たちの肉体も無事に復元された。あとは、ほっといても目を覚ますだろう。このまま死にっぱなしって設定にするほど俺も鬼じゃないし。

小山ハルは、銃を下げた俺の眼前に、レプリカ日本刀の先端をつきつける。

「さーて。あなた、一応はホワイトハッカーって感じよね？　でも使ってる装備もアプリも完ぺき違法。悪いけど、そっちの取り締まりもあたしたちの仕事だから」

まさか、高校生の野良ハッカーが同じクラスにいたなんてね。と、小山ハルはあきれたように言う。

俺だって、『本職』が同じ教室にいるなんて思いもしなかった。しかも女子高校生に偽装するなんて趣味が悪い。

「一緒に来て。本部で話を聞くから」

「話し合おうって空気じゃないけど」

「それはあなたの態度次第よ」

じゃあ、お話し合いは辞退だな。

異世界からの情報侵略が頻繁に起こるなか、完ぺきな情報統制こそが「最も安全な対策」なんていわれる今の世の中で、どうして俺みたいな野良ハッカーが必要とされてるのか、公務員やってる連中にわかるわけない。

ま、俺もそこまでの設定はまだ考えてないから、わかんねぇけどな。

「悪いけど、俺もう行くわ。先生には早引きしたって言っといてくれ」

「は？　あなた、何をふざけて――」

アプリ起動。ストックしていた小型ワームを解放する。発生場所は、クラス全員が加入しているSNSグループに投稿していたスタンプ。俺からの別れの挨拶だ。

「え？」

小山ハルは、スマホをスカートのポケットに入れていたらしい。お気の毒だな。

そいつは、化繊が大好物なんだぜ。

「ちょ、やだ、なにこれ⁉」

真っ赤な下着を丸見えにされちまった小山ハルに、「わりい」と軽く謝って窓から飛び出す。

直下に、タイヤをスリップさせて停まるジープ。相棒の美少女クラッカー『侵略ミラ』

が、ゴスロリ服にゴーグルっていう相変わらず意味不明なファッションでハンドルを握っている。

「待ちなさい！　絶対に許さないからね、千葉セイジっ。覚えてなさいよ〜っ」

やれやれ。それなりに楽しくはあった高校生活《おあそび》も、これまでか――

というところで、チャイムが鳴った。

途端に騒がしくなる教室。妄想を中断された俺は机の上に伏せ、とりあえずここまでのストーリーの考証を始める。

ふむ。下着の色は白のほうがいいかな。あいつ、ああ見えて処女だし。

《トラック暴走事故まで二時間十一分》

「関口と千葉が今日の買い出し担当だ。俺も一緒に行くから頼むな」

野球モブが、いきなり声をかけてくるから、焦って思わず笑っちまった。そうしたら同意と取られたみたいだ。まあ、いいけど。

学校祭とかいう、地方伝統の祭りが近く開催されるそうだ。俺はまるで興味ないけど、一応は買い出し係と大道具係っていう肩書きを拝命している。

知らないうちにそうなっていた。なんかこう、全員何かやらなきゃみたいなアレで。学校のそういうシステム古いよな。俺のような孤高のための場所もちゃんと用意しろよ。集団行動とか嫌いなんだよ。

「あと女子のほうは浜澤《はまさわ》と、アイリとモカ、放課後よろしく」

え、女子も来るの？

浜澤さんってのは関口と同中《オナチュー》らしく、前に一度カードの話をしたことある女子だ。あとの二人はよく知らない。男女三人ずつってことかよ。

なんだよ、それ。放課後に男女が一緒に買い物って正気か。高校生かよ。学校祭だからってハシャギすぎ、おまえら。なんで俺が、女子なんかと街を歩いて、買い物の荷物を持ってやったりとかしないといけないんだよ。

それで、どうせ途中でゲーセン寄ろうなんて誰かが言い出すんだよ。あの野球モブあたりが言いそうじゃん。

なんだよ、それ。なんで俺がクラスの女子の前でカードゲームとかやってみせたりしないといけないんだよ。ランカーなのバレるじゃん。そういう自慢みたいなことしたくないっていつも言ってるだろ。

「え～」

さっき指名されてた女子が、半笑いしながら「つらい」などと言い出す。

「なにそのメンバー。マジで？」

「意味不明。どうしたらそうなるの？」

「いや、買い出しは順番に回すって決めてただろ。それだけだぞ、別に」

「だから、なんでうちらがそこなの。ウケる」

女子たちは、俺たちのほうを見てイヤな感じに笑ってる。俺たちっていうか、関口のほうっていうか。許せないな、俺の親友に。

こっちこそ、おまえらみたいのと歩くのマジでイヤだっつーの。鏡を見てから出直してこいって。

「あ、待って。あたしも行くー」

雰囲気が最悪だったそのとき、なぜかいきなり、小山ハルが手を上げてそんなことを言った。

全員、ぽかんって顔をした。

「どうして？　ハルは舞台出演者だから、裏方は免除だけど」

「いや、あたしミスコンにも出ないとなんだよね。忘れてたんだけど、どうせならバブルっぽいウィッグにボディコンスーツとか着ようと思ってて。経費で払って」

「いや全然いいんだけど、ミスコンでふざけるつもりかよ。クラス代表だぞ」

野球モブが、さっそく嬉しそうに小山に絡む。ハシャぐなよ、モブのくせに。

「意味わかんないんだけど。でもハルならわかる」

「絶対ウケる、それ〜。うちらも一緒に選ぶから行こ」

いや、スベるだろ。普通にスベるビジョンしか見えないだろ。ていうか、ミスコンなんて見た目だけのイベントに、わざわざネタなんか入れるなよ。

そういうとこちょっとムカつく。コンテストなんてどうでもいいっていう余裕ある感じが、逆にイライラする。こっちも別にどうでもいいんだけど、少しは必死になれよ。選んだ俺たちのことも考えろよ。

みんなに注目されて本当は嬉しいくせに。カーストトップらしく気取ってればいいのに。

俺はそういうくだらないの興味ないけどな。

つーか、買うなら水着とかじゃね。ミスコンって水着審査も当然あるんだろうし。知らないけど。それでアレでしょ。生徒会長とか校長とかの権力あるエロキャラの策略でちょっとエッチなハプニングになったりするわけでしょ。知らないけど。

まあ、なんだかんだ言ってもうちのクラスの代表だし、俺も見に行くけど。行くよ、ミスコン。しょうがないから。

それにしても。

よりによって俺が当番のときに一緒に買い出しに行くなんて、いったいどういうつもりなんだ、小山ハル？

まさかとは思うけど、俺の行動を監視しているんじゃないだろうな？　念のため、こっちも警戒はしておくか。もしかしたら水着を選ぶイベント発生するとか、そういうのは全然期待してないっつーか興味もないけど。

「予算そんなにないから安いのにして。アフロとか」

「えー。ま、いっか。あたしアフロでいく」

水着でいけよ……。

《トラック暴走事故まで二十分》

せっかくの放課後だってのに、なんでクラスの連中に付き合わないといけないんだよ、まったく。

まあ、頼まれちまったからには仕方ない。さっさと行って、さっさと済ませようぜ。こっちは忙しいんだから。まあ一応、クラスのみんなとご飯食べるかもって母にはラインしたけど。早くしてよ、行くなら。

「ねえ、メールに変なの来るんだけど、これってなんなの？」

「どしたのハル？　てかウケる。それスパムじゃん。相手にするなって」

「相手にはしてないけど、こないだからずっとこんな感じ」

「ブロックすれば？」

「してるよ。でもすぐ違うアドレスで来るんだもん。どうすればいいの？」

つーか、いつまで教室でダラダラしゃべってるんだよ。俺がずっと肩にカバンかけてるの悪いと思わないのかよ。浜澤さんだって関口だって、さっきから無口じゃん。彼ら、緊張してるぞ。かわいそうに。早く声かけてやれよ。

チャイムが鳴ったあとも、あいつら遊んでばっかりで用事を忘れてるみたい。

学校祭はもうすぐなんだぞ。クラスの全員で成功させないとだろ。俺を誘ったのはおまえたちだろ。

「ちっ」

俺は舌打ちをして窓にもたれかかる。誰も聞いてなかったみたいだからもう一回。ちっ。

「あ、待って。あいつらがこういうの詳しいから」

野球モブがいきなり振り返るので、俺は焦って歯に物が詰まったフリをする。しかしどうやら俺じゃなくて関口に目をつけたらしく、キョドってる彼の周りを女子と一緒に取り囲む。

俺は警戒レベルをあげつつ、後ろの黒板を見ているフリを続ける。

「関口、これわかる？　ハルのケータイに変なメールがばんばん来るみたいなんだけど。どしたらいいの？」

なんだよ、俺たちITの大先生に相談かよ。

そんなのは、ひたすらドメインブロック弾を撃ちまくるしかねえ。もちろんアンチウイルスソフトでガード強化しつつな。撃ち合いで負ければ落ちていくだけの厳しい世界なんだよ。ITは。

「えっと、キャリアメールのほうに届くってことだよね？　ネットワークのパスワードってわかる？」

「なにそれ？」

「触ったことないなら、初期設定のままだね。キャリアの個人ページ開くけどいい？」

「いいよ、全然。どうするの？」

「受信設定を変えたほうがいいと思う。メルマガとか読んでるのある？」

「え、別にないけど。ていうかメールってあんまり使わない」

「とりあえずPCからのメールを受け付けないようにするから。あとURL付きのメールも。ほとんどのスパムはこれで一括拒否できる」

「へー」

小山ハルは、かき上げた髪を耳にかけて覗き込む。窓に腰かけた足をわざとらしく組んだりして、いやらしいヤツめ。

おそらくあのいい匂いまでしちゃってるのだろう。関口は下唇を噛みつつ作業して、

「これで大丈夫だと思う」とスマホを差し出す。緊張メガネをくいっと持ち上げて。

「ありがとー」

と、手を伸ばしかけた小山ハルの横から、スマホを受け取ったのは野球モブだった。

「サンキュ、関口」

スマホを自分のズボンで拭《ぬぐ》ってから彼女に渡す。「今のでハルのメアドばれたんじゃない？」「つかスパムも関口の犯行？」とか、他の女もニヤついてた。

関口は、「そんなことしないって」とヘラヘラ下を向く。

内心でクソデカ舌打ちを決める。

関口がそんなことするわけないだろ。俺のＩＴの弟子なんだから。俺が育てたんだぞ。

だがその技術はこんなヤツらを救うためにあるんじゃない。ひ弱で純真な民衆のためにある。あー、さっさとクラス丸ごと異世界転移して俺だけチートで無双したい。こいつらをきっちりザコ扱いして目を覚まさせてやりたい。

俺らとこいつらの気分の高低差でもうすぐ時空が歪みそうになったそのとき、バシンと、小山ハルが関口の両肩を叩いた。

「ありがと、関口っ。頼りになる～」

一瞬、場が凍った。

彼女の顔が至近距離にきた関口だけが、熱湯をかぶったみたいに耳を赤くしていった。

「ちょ、ハル近いから」

「逆に嫌がらせ。こっちもびっくりした」

「え、そう？」

あっさりと関口を解放し、また俺らを無視してそっちで盛り上がる。マヌケに呆《ほう》けていた関口が、思い出したようにメガネ上げマシーンになる。

だから、なんだってんだよ。

あんなのはアレだ。票集めだ。ミスコンのために関口を籠絡したかっただけだろ。卑怯だぞ、クラス代表め。

ていうか、メール設定をイジるくらい誰でもできるし基本だろ。たまたま俺が、窓辺でたそがれている最中だったから関口が指名されただけで。頼まれればそれぐらいしてやってた。全然余裕。助けてやったとかそういう話じゃない。小山ハルを救ったわけじゃない。勘違いはするなよ、関口。おまえはそんなヤツじゃないはずだ。女なんか信じるな。こいつらは顔だけだ。内心では俺たちのことをバカにしている。困ったときだけ持ち上げて、期待させては裏切る。結局は敵同士なんだよ。

関口は、小山ハルが触れた自分の肩にそっと手を伸ばそうとする。見てられなくなった俺は、小さく咳払いをする。

「あ、あぁん！」

意外とでかくて、しかもエロ漫画の喘《あえ》ぎ声みたいになってしまった。

しんと静まりかえる教室。野球モブが「そういや買い出しに行かないとな」と思い出す。そうだよ。俺は最初からそう言ってたよ。

《トラック暴走事故まで五分》

「でもさ、スパムメールってウケるの多くない？」

「ある。これ見て、『岩田だけどＡＫＩＲＡさんがアド変したから連絡します』だって」

「やったじゃん、ハル好きでしょ」

「本物だったらどうしようって思ったよね」

「いや、ないから。騙されてるから」

ぞろぞろと買い物行脚中。学校出た瞬間から二グループに分かれてた。前を歩く野球モブと女子たち。その後ろにつく俺たち。浜澤さんは、先頭グループの尻に距離を置いてくっついてる。

微妙としか言いようのないこのポジショニング。まあ、横に広がって歩くのはマナー悪いしな。位置に意味なんてないし。

俺と関口の間にも会話はなかった。学校ではよく話すけど、一緒に帰るとか放課後もラインするとか、まだそこまで仲良くないから。

「あとこれ、『アドレスをクリックしたら異世界に飛ばされたけど質問ある？』だって」

「異世界からどうやってメールしてんだよ」

「あるんじゃないの、ネットとかスマホくらい」

「なにそれ便利じゃん。コンビニもありそう」

「だって異世界系多いよ。『異世界ですが勇者募集してます』とか『今なら異世界スキルガチャSSRチート開放中！』とか。なにを言ってるのかわかんないよね」

「後ろの人たち、引っかかりそう」

くだらないことを言ってやがる。そんなメールはしょっちゅうくるけど、たまにしか開かねーよ。クリックも時々だよ。

聞いてて気分悪いし、普通にアニメの話しようかな。

だけど関口は、さっきからちょっと呆け気味だ。前の女子の一団。というか特定の女子ばかり意識してるのが見え見えだった。

関口さん、ちょろすぎませんか？

かんべんしてよ。まださっきのこと引きずってるの？あんなの完全に罠っしょ。イミテーションっすよ。ああいうことを当然のごとく誰にでもやれちゃうからこそのリア充でしょ。

無理無理。俺たちと人種が違うんだよ。違うのを知っててわざとやってくるんだよ。からかってるだけだからさ。

これまでもさんざんあったことだろ。今も俺のペットボトルのコーラですら軽くイジられてるし。あいつら、他人を下げて笑いたいだけなんだよ。

最低だよな。信じられない。

《トラック暴走事故まで二分》

もしも世界が灰色に見えたなら、迷わず次の世界へジャンプだ。

ガキの頃に読んだラノベのセリフだと思う。タイトルも作者も忘れた。どんな場面で誰が言ったのかも。

でも俺は、それはいろんな物語を体験しろって意味だと思った。

一人じゃ全部体験できないくらい世界は物語であふれている。気に入らなければ次へいけ。先へ先へ。できるだけ多くのコンテンツを喜びをもって迎えるのが、俺たちの生きる理由だ。

だからここがダメならどこか次の世界で。高校が無理なら大学だっていい。なんなら自分で物語を作る側になってもいい。ていうか俺はなる。

絶望を、同級生なんかからもらうくらいつまらないことはないんだ。それだけの差も俺たちにはない。

今、隣の関口くんには世界がバラ色に見えているのかもしれないが、俺にはまあ、灰色まではいかなくても醜《みにく》い配色だなって思える。くだらない買い物はさっさと終わらせて、自分の部屋で好きなものを見たい。変な色づけなんて誰にもされたくねえし。

「な、買い物が終わったらどっかで休んでいかない？」

野球モブが、女子たちに提案する。

関口は勘違いして顔を上げる。

ねーよ。どうせ俺たちは呼ばれない。いとこの車は三人しか乗れないとか言われるやつだ。

《トラック暴走事故まで一分》

「あ、彼でした〜」

そのとき小山ハルのスマホから着信音がして、画面を見た彼女が破顔する。

野球モブは言葉を詰まらせ、関口はぎくりとしてた。

おまえら、勘違いしてるなよ。小山ハルには彼氏がいるし、そのことを別に隠してない。

イケメンだって自慢もしてる。

今も、すっげえ嬉しそうな顔してんじゃん。

「ごめん、先に行ってて」

スマホを耳に当てて、手で追い払うようにして。女子たちは軽くハルを冷やかし、野球モブはバツが悪そうにする。

俺は、彼氏と通話している女子とか、見ては失礼な気さえして視線を背《そむ》ける。なんでこっちが気を遣わなきゃならないの。

小山ハルは、歩道の真ん中で声を一トーン高くする。

「どうしたのー？　練習中じゃないの？」

くっだらねえ。

俺と関口は小山ハルの横を、そろそろと、目立たないように通り越す。

その瞬間、朝から曇っていた空が、ほんの少しの晴れ間を落とした。

《トラック暴走事故まで三十秒》

「え、全然平気ー。今ね、クラスの人たちと買い出し中。あはは、そう。アフロにした！」

朝と同じ匂いがした。

耳の中を通り抜ける彼女の声がすっげえくすぐったかった。

世界が何色とか、誰が何色とか、そんなモヤモヤした話はどうでもいい。隣に女子がいて笑ってくれてたらオール完ぺきじゃないかって、男子高校生みたいなことを思ってしまった。不覚。

無表情を貫き、小山ハルのことなんて考えてないって顔をして、息を吐く。まるでプールから上がったばかりみたいな心臓。

これだからリア充民は。なんでそう爽やかに笑うの。まるで、俺が勝手にひがんでるだけみたいになるだろ。姑息なチャーミングしやがって。

関口がまた勘違いしたらどうするんだ。彼氏いるくせに、全世界にKAWAIIを振りまくな。ったく。

いや、俺は小山ハルなんて可愛いと思ったこと一度もないけどな。

マジで。本当だって。クソ。

なんなんだよ、もう……。

《事故開始》

「あ、なんだあのトラック？」

野球モブが道路の先へ顔を向ける。

交差点を大きく膨らんで、トラックが不安定に揺れて曲がってきた。

そのままふらふらとトラックは車線をまたぎ、対向車に急ブレーキを踏ませる。運転手は酩酊しているのかキマっているのか、ここからじゃよく見えない。

「おい、下がってようぜ」

野球モブがいいこと言った。俺らもさっさと車道から離れよう。

俺だったらトラックくらい片手で止められそうな気もするけど、試すのは今じゃなくてもいいもんな。

「あれ、ハルは?」

野球モブが言う。

そいつなら、たしか電話中だ。

《異世界転送まで五秒》

「──小山さん!」

関口の大きな声に全員びっくりした。

小山ハルも顔を上げたが、なぜ呼ばれたのかわかんない顔をしていた。

トラックは、真っ直ぐな車道で斜めに傾きタイヤを鳴らす。

いきなり誰かに突き飛ばされて、俺は足をもつれさせた。

《異世界転送まで四秒》

ぶつかってきたのは野球モブだった。俺はバランスを崩しながら、飛び出したモブが、カットインしてきた関口とぶつかるのを見る。

急に華麗なフットワークを見せた関口も、次の瞬間なにかを踏んづけて転んだ。野球モブがもつれたままその上に転んだ。

黒い液体を噴き出しながらつぶれたそれは、俺の落としたコーラだった。

《異世界転送まで三秒》

トラックのタイヤはスリップ音をたてながら、スピードを緩めることなくこっちへ向かってくる。

後ろで誰かが悲鳴をあげた。それがスイッチになったみたいに、もたもたしてた俺の足がスピードに乗った。

野球モブを踏んづけて、俺は飛んでいた。

《異世界転送まで二秒》

「小山ぁ！」

初めて声にして彼女の名を呼んだら、急にアドレナリンが増えた気がした。
アホみたいに固まってる小山ハルに向かって、全力でダッシュする。
なんだこれ。どうして俺は走ってるの？　次にどうしたらいいの？
確実にわかることはただ一つ。
俺は今、世界中の男を出し抜いて小山ハルを目指している。
足を止めると、たぶん損をした気持ちになる。
俺がヒーローになるとしたら、今、この瞬間しかないから。

《異世界転送まで一秒》

いや、この瞬間だけってのはさすがにウソだわ。
そういえば、幼い頃にも似たようなことはあった。

夏にばあちゃんの家に行って、そこで日常系田舎漫画みたいな女の子と友だちになり、川で溺《おぼ》れそうになった彼女を俺が引っ張り上げてやったんだ。

すっげえ感謝されたし、俺のこと命の恩人とか言ってた。じゃあ感謝されてやるよって相手してやってたのに、なんかそのうち距離を取られるようになったっつーか、冷たくされるようにもなって。

恩人に失礼な態度だぞって教えてやったんだけど、結局ずっと生意気だったし、そのうち遊んでやらないようになった。

それからいろいろあって俺もアニメとかラノベとか趣味も増え、ばあちゃんの家とかも行かなくなったんだけど、あの子はどうしているかな。元気かな。俺は忘れてたけど、あの子は俺への恩を忘れたりしてないよな。

ていうか、なんで唐突に昔のこととか思い出してんの。時間も、なんでこんなにたっぷり流れだしちゃうの。

完全に死ぬ前のムーブじゃん。奇跡の生還後に語るアレじゃん。

でも、もう止まれない。小山ハルは目の前にいる。トラックはスリップしながらこっちへ向かう。

いやギリギリ助かるから。こんないきなり死ぬわけがないんだ。

俺のドーパミンがそうささやいている。今日のヒーローは誰だ。俺だ。彼氏でもモブでも関口でもない。千葉セイジだ。今日の俺は昨日と違う。もう二度とあんな目で見るな。バカにするな。おまえを見返してやる。そうだ。俺はそのために走ってる。俺が俺の世界を変える。

もう一度、小山ハルの名を呼んだ。呼べていたかはわからないけど叫んだ。スローモーション。なのに感覚だけ鋭くなっていく感じ。後ろで女子が叫んでるのも逃げ惑っているのもわかる。俺は彼女に手を伸ばす。映画みたいに、アニメの第一話みたいに、運命が変わる瞬間を摑みにいく。今、君のすぐそばに。

そして、スマホ片手に茫然とトラックを見ていた小山ハルは、ようやく俺のほうに気づいて――『コイツ誰だっけ？』みたいな顔をする。

世界は灰色で、鉄の味がした。

トラックにはねられて異世界に来たんだけどって、友だちに話したらめっちゃウケるはずだけど、異世界だからスマホも通じない。

最初はあたしもウソだよねって感じだった。でも、そこからさらにウソみたいな紆余&曲折いろいろあって、今はもう仕方なしとして普通に生活してる。

人間、生きていればどんなことにも馴染んでしまうあたりが結構やばいというか、たくましいぜ命って思う。もちろん、平気だっていう意味ではないんだけど。

娼婦なんて仕事にも慣れてしまった。それどころかもうプロじゃんって自覚までできた。神様がいて魔物がいて勇者もいるっていう世界観も、それなりに理解している。

でも、どこか現実離れした夢の中を歩いているような感覚も、頭のどこかにずっとあって。

たぶん、あたしたちに備わっているチートとかいう命綱が太すぎるせいかなと思う。これが一番、現実感を奪ってる。ゲーム感覚が強すぎる。

かなり過酷な毎日も、便利な力でどうにかしちゃいがち。卑怯なやつだからなるべく使わないようにと思ってるけど、実際これにかなり救われている。

だからいつまでもこっちの人になりきれない。学校祭を待ってたあの日のまま、いまだに高校生のノリで非日常を楽しんでいる自分を、みんなには悪いなと思いつつ感じちゃう。

これは、そんなある日に起きた事件だ。

「青猫亭で下着がなくなった？　しかも干していたのが全部？」

声が大きいですってキヨリが赤くなる。ルペちゃんは周りを気にして肩をすぼめる。

スモーブ食堂での朝食会。突然の事件の予感についつい興奮しちゃった。周りのおじさんたちが舌打ちをする。

あたしたちの提案で作られたテラス席の存在も、他のお客さんたちも利用する程度には認知されてきたけど、やはりまだまだおっさん率が百パーセントに近く、女性客はそう増えていないんだ。スモーブ食堂カフェ化計画の道のりは遠い。

まあ、その問題はそのうちどうにかするとして。

「じつはね、前から一枚二枚なくなることがたまにあって。誰かにイタズラされてるんだろうなと思って、あまり気にしないようにって言ってたの。私たち、嫌がらせとか、からかいとかはよくあるし」

「……そうなんですか」

キヨリは驚いた顔しているけど、ルペちゃんの言うとおり今に始まったことじゃない。娼婦は何かとナメられがちだ。男にも女にも。

もちろん、くやしいし腹が立つ。でもそれは、ここの世界だけの話じゃないんだ。キヨリも顔を伏せる。誰にだって心当たりはある。こっちもいちいち気にしていたらきりがない。

だけど、それにしたって。

「やりすぎだよ。そんなのもう泥棒じゃん。官兵さんに訴えよう」

「無駄だよ。なくなったのは娼婦の下着だもん。相手にしてくれるわけないし」

官兵ってのは前の世界でいう警察&自衛隊みたいなもんだ。庶民のパンツを守る義務があるはず。

でも、娼婦の地位は場合によってはパンツよりも低かったりするんだ。いや、パンツよりもは言いすぎか。あたしも娼婦じゃん。

「だけどそのままじゃ、盗まれた人が困りますよね」

キヨリは、「教会を通して官兵さんに訴えてみますか?」と言ってくれた。でもそれをすると教会の人たちやキヨリにも面倒をかけるかもなので、あたしたちはありがたく遠慮した。

「自分たちで犯人を捕まえるしかないよ」

「え、そこまでしなくてもよくない？　危険なことはしちゃダメだよ」

「泣き寝入りはもっとよくないっ。大事なものを盗られたなら我慢なんかしちゃダメ。女だって、娼婦だって、許せないことには許せないって言わないと」

「そのとおりだと思います！」

今度はキヨリが興奮気味に食いついてきた。そして、周りのおっさんに「うるさい」と言われて小さくなる。

「し、静かにしようよ、二人とも。下着はまた買えばいいし、なんなら私がみんなの分も――」

「ルぺちゃん、そういうのはいいから。あたしに任せて。危険なことをしなくても捕まえる方法はある。こういうの、犯人は必ず現場に戻ってくるもんだって相棒の右京さんが言ってたし」

「誰それ……？」

「官兵が動いてないとわかったら、味をしめた犯人はまた青猫亭の干し場を狙ってくる。そこに罠を仕掛けておくの。とりあえず、う～ん、古くさい手だけど、落とし穴でも掘ってみるかな」

犯人はさっそく捕まった。

スキル『掘削』を持つあたしが職人根性を全開にして掘った落とし穴に、大量の下着を背負った千葉が埋まっていたのだ。

「おまえか、歩く性的好奇心っ」

がっかりだ。こんなオチ、じつは多少はあるんじゃないかと予想はしていたけど、本当にそのとおりになっちゃうとは。

昔はどうしようもなかった千葉も、最近少しは女のことも覚えて、あとルペちゃんに調教されて、ちょっとはいい感じに変わりつつあるんじゃないのかなって期待してたのに。

周りの期待はすべて裏切る、その性根は全然変わってないな！

「ちょ、ちょっと待て。俺の話も聞いてくれって」

「うっさい。いくら知り合いでも罪は罪っ。こじれた性癖もかわいそうっちゃかわいそうだけど、犯罪行為を正当化することなんてできないの！」

そうだよね、右京？

「だから違くって、俺がこれを持ってるのは――」

千葉はなにやら弁解めいたことを言おうとしていたが、集まって落とし穴を覗き込む娼婦たちの軽蔑の視線をぐるりと見渡すと、諦めたように肩を落とす。

「……性的好奇心が……抑えられなくて」

「はい、自白いただきました。誰か官兵さん呼んできてっ。異世界らしく残酷で容赦ない
死刑でお願いしよ。オーク葬とか！」

「ハルちゃん、ちょっと落ち着いて。チバくんにも何か事情があるんだよ。話を聞いてあげようよ」

「ルぺちゃん、甘いっ。そうやって甘やかせば甘やかすほど性癖ってのは増長するんだよ。手がつけられなくなったから、コイツは今こうしてパンツと一緒に土に埋まってるの。人間こうなったらおしまいだよっ」

「たしかにチバくんは、私の脱いだ下着も広げて見ようとしているときあったけど、でも、ダメだよって言ったらやめてくれたよ。話せばわかる性癖だよ」

「それ、あたしのパンツにもしたことある。コイツ本当パンツ大好きマンだよね。階段上がるときとか絶対に覗いてるし」

「短い服を着てたら、だいたい太もものあたり見てるよね。期待してるのがひしひしわかるよね。後ろから覗こうとしているのも、バレてるの気づかないでずっと見てるし」

「え、ちょっと待って。今もこのアングル、ラッキースケベチャンスじゃない？　コイツ、ずっと土の中にいたいとか考えてない？」

「もうやめろっ！　みんなのいる前で話し合いも暴露大会も拒否するっ。事情は後で説明するから、さっさとここから出せ！」

「何を偉そうにコイツは……あたしは話し合うつもりなんてさらっさらないんだけどなぁ！」

「ハルちゃん。とりあえずは、ね？　聞いてあげてからにしよ。お願い」

もう本当にルペちゃんはママかよ。

彼女にここまで言われたら、あたしも逆らえない。ただしコイツが逃げないように捕縛《ほばく》はさせてもらうけど。

スキル『緊縛』を解除する。首絞めのおっさんの双子の弟が持っていたやつだ。

あいつらみたいに性癖がスキルにまで昇華されてしまう前に、千葉は更生させないと。

「ここまでする必要あるのかよ！」

亀の甲羅模様に上半身を縛り上げ納屋に転がす。樽《たる》で買ったお酒や古い備品なんかをしまってある湿った場所。千葉は足をバタバタさせて文句言ってたけど、カギをかけて閉じ込める。とりあえずここで頭を冷やせ。

盗まれた下着は千葉が何をしたかわからないし、あたしとルペちゃんで洗濯してから返すとみんなに言って、スモーブのとこへ行くことにした。

騒がせたお詫びに、嬢のみんなにケーキでも買ってこようと思って。もちろん、代金はあとで千葉に払わせるけど。

部屋でお金をかき集めていたら、「一人じゃ大変でしょ」ってルペちゃんもついてきてくれた。

本当にもう、ママかよ。ついつい、ルペちゃんにはあたしまで甘えちゃうんだ。ケーキを二人で分けて持つ帰り道、いつものように愚痴を聞かせてしまう。

「今回はマジでムカついてるよ。なんであたしがこんなことまでしなきゃならないの。身内の恥って感じ。死刑は半分本気だから」

ルペちゃんは、なんでか知らないけどニコニコしている。基本彼女は、いつもあたしの話を笑顔で聞いてくれる。

「でも優しいよね、ハルちゃんは」

「はあ？　あたしのどこが？」

「身内の恥、なんだよね」

「え、や、そこに深い意味ないから。たまたま同郷だからそう言っただけで、もともと話もしたことないし。友だちでもなかったから」

それは本当だ。今でも別に仲の良い友だちだとは思っていない。

クラスが一緒だったってだけで、向こうもあたしのこと教室のペーストとか意味わかんないこと言ってるし。お互いの友だちもかぶってなかった。ラインのグループもなかったはず。

そもそも、あたしの友だちは千葉たちのこと『キモオタ』ってバカにしてたし、たまに笑ってたし。

いや、あたしが一番バカにしてたかもしれない。その話の笑いどころがわからなかったから、合わせるの面倒だなって思いながら笑ってた。千葉がどういう人間かも知らなかった。興味がなかった。

でも一緒にこっちの世界に来て、しゃべったり寝たりしてわかったのは、とにかくコミュニケーションが意味不明で、距離感がめちゃくちゃだなってこと。

オドオドしてたと思ったら急に馴れ馴れしいし、いきなり体に触ってくるのも不気味。頭はいいのか知らないけど、細かいことに妙に詳しくてこだわるわりに、他人の意見はいっさい受けつけない。

そのくせ傷つきやすくてすぐ怒る。こっちが怒ったらソッコーでへこむのも面倒くさい。自分の期待と違うことを相手が言うのが許せないんだ。そういうとこが、たまに本気で気持ち悪いし、腹が立つ。

あんなのが身内なわけない。ただの恥じゃん。

でも、前にルペちゃんにやんわりと「千葉に冷たすぎ」みたいなことを言われたので、まあ、一応は気にしてるだけ。むしろ冷たすぎるくらいじゃないと、あいつにこっちの感情が伝わらないと思うんだけどね。

「面白いよね。ハルちゃんが一番チバくんのこと詳しいのに、興味ないとか言ったりするし」

「いや詳しくない。知りたくないこともなんとなくわかってしまうの。同郷だっていうだけでっ」

あいつは「オタク」で「陰キャ」で「キモい」んだと、言ってしまえばそれだけだ。その三つでだいたい説明できる。

でも、こっちの世界はスマホもないし、新聞っぽいものはあっても淡々と出来事だけしか書いてないし、噂とか口コミでしか話題を共有しない。顔を知っている相手としかしゃべらないんだ。

だからなのかわからないけど、たとえば人のことを「気持ち悪い」とか言わないし、「オタク」みたいな言葉もない。そういうカテゴリがそもそもない。かろうじて「童貞っぽい」で「あー、わかる」となるくらい。娼婦ならでは。

共通カテゴリが少ないから、『○○っぽい』で簡単に相手を分類しない。偏見とか先入観とかもないわけじゃないけど、そっちの意識は薄い感じ。話してみないとわからないよねってみんな思ってる。

この街が魔王との戦いの最前線で、人の入れ替わりが多いからってだけかもしれない。

あと、男尊と女卑はこっちのほうが絶対ひどいことしてると思うけど。

「二人でチバくんと話そうよ。ハルちゃんが叱りすぎてると思ったら、私が止めるし。その代わり、私が甘すぎたらハルちゃんが止めて。でも大声で怒るのはナシね。こっちがしっかりしてたら、チバくんもちゃんと理由を話せると思うから」

「……うん」

でもコミュニケーションに関しては、こっちの人のが大人っていうか、あたしも千葉のこと言えないんだって焦るときある。

そこだけは自信あったんだけど、そもそもの器の大きさが違う感じ。吐き出すよりも飲み込む量で決まる世界なんだ。あたしは吐き出すことで勝負してきたとこあるから。

スマホぐらいあればいいのに。千葉もひょっとして、あたしと同じこと思ってるかもね。ストレスで犯行に走ってしまったのかもね。

もしもここが教室だったら、ルぺちゃんのおかげで千葉と同じライングループぐらいはあって、そうしたらあいつとも程よい距離で付き合いもできてたよ。そのくらいがちょうどよかったんだよね。

あたしたちは、寝たら友だちにはなれない二人だった。最初に誘ったりしたのが失敗だった。

なんて、少しだけ懐かしさと後悔を思い出しつつ、ルぺちゃんといい雰囲気で詫びケーキを買って帰ってくる。

そうしたら、ビックリした。

千葉が死んでた。

「えええええええええっ⁉」

あたしはひっくり返ったし、ルペちゃんも腰を抜かした。

もともとそんなに片付いてはいない納屋だったけど、千葉が転がっているのはその中央。ごちゃっとした箱やら何やらが奥に積んである手前。

千葉は、あたしが緊縛してやった状態そのままで、こっちに足を向け、うつぶせで倒れていた。隙間から入ってくる外の光で、千葉の口から吐き出された血と彼の白い顔がはっきりと見えた。

「ち、チバくん！」

「待ってルペちゃん、近づかないで」

千葉に駆け寄ろうとしていたルペちゃんの肩をつかむ。

科学捜査の基本、現場保存の法則。そうだよね、右京。六角。

床に落ちてるものを踏まないように慎重に近づき、首筋に手を触れた。脈なし。背中に耳を当てる。鼓動……聞こえない。

咳払いをして、できるだけ冷静に、ルペちゃんを刺激しないように伝える。

「死んでます」

「ウソおおおっ！」

崩れ落ちる彼女を抱きしめた。小さな背中の震えが、これがどうしようもない現実だってことをあたしに知らしめる。

いつも異世界のちょっとした非日常的な事件を、心のどこかで楽しもうとしていた自分に気づく。ぶっちゃけ、今日もいつもの千葉イジリかよって、そのくらいのイベントレベルで緊縛も監禁もした。でもまさか死ぬとか。血を吐いてとか。

コイツの父さん母さんになんて説明したらいいのかわからない。

問題は、どうして死んだのかだ。

「ろくな死に方はしない男だと思ってたけど……まさかここまでろくな死に方をしないとは思わなかったね」

異世界で自分の限界を知り、絶望のうちに下着泥棒をして捕まって死ぬなんて。あいつがいつも言ってた『異世界転移系』って、みんなこんな悲しい結末なのかしら。一度読んでみたい。

「でも、これは殺人事件だよ。千葉は誰かに殺されたんだ」

間違いなく自殺じゃない。あたしなら恥ずかしくて死にたい状況だけど、千葉にとっては日常だし。絶対に自分から死ぬようなタイプじゃなかったし。

千葉を殺した人物が必ずいる。

「うん……まずチバくんを動けないようにきつく縛り上げたのはハルちゃんだし」

「そう」

「この納屋に閉じ込めたのもハルちゃん」

「うん」

「カギを持ってるのもハルちゃんだよね？」

「ちょっと待って。あたしじゃないから。だってアリバイあるもんっ。ずっとルペちゃんと一緒だったもん！」

「死ねばいい的なことも何度か言ってた……」

「言ったけどっ。そりゃもう何回も言ってたけどっ。本当に違うから一度冷静になろっ。ね、冷静に！」

犯人はあたし？

いやいや、それはないから。あたしという語り手は信用できるから。マジで。

「まずは情報の整理をしようよ。そしてクールに推理しよう。必ず犯人はあたしたちの手で捕まえる」

「う、うん。でもそういうのは、官兵さんに任せたほうが……」

「それはダメだよ。だってどういう捜査をするかわかるでしょ。ここは娼館で、ガイシャは下着泥棒だよ。あたしたちの誰かを犯人に仕立て上げてさっさと終わらせるに決まってる。まともに調べてなんてくれないよ、絶対。犯人はこっちで見つけないと、かえって危険」

千葉の無念もあたしの容疑も晴らしてみせる。

これは、夜想の青猫亭殺人事件なんだから！

犯行場所は、娼館の納屋。

店の裏にある干し場の横にあって、通りからは見えない。店の横を回るか、厨房横の裏口からじゃないと行けない場所にある。

発見時には扉にカギはかかっていた。合いカギはない。納屋は壁も扉も木製。カギを壊された形跡はなく、壁は木窓もない密室。

カギを持っていたのはあたしだけ。でもしつこく言わせてもらうと、あたしが買い物に出かけていた間に……千葉は血を吐いて死んでいた。外傷はなかったことから毒殺の線が濃厚だ。

犯行時間は、あたしとルペちゃんがスモーブの店に行って、詫びケーキを買って帰ってくるまでの間だ。一時間もなかったと思うけど、三十分以上はかかっていたから、時間的には誰でも犯行は可能。

ただ、下着泥棒の千葉がここにいることを知っていたのは、店の嬢たちだけだ。
そこだけは考えたくないけど、疑わしいのは彼女たちしかいない。なにしろ下着を盗まれたんだもん。それって立派な殺人動機だよね、コナンくん。
千葉――あんた、なんでこんなことしちゃったの。
「とりあえず、店にいる嬢たちに聞き込みをしよう。ただし、まだ千葉が殺されたことは言っちゃダメ。騒ぎになる前に話を聞いておきたいから」
「う、うん……」
あたしとルぺちゃんは、ケーキを振る舞いながら変わったことはなかったか全員に聞いた。
嬢たちのプライバシー保護のため、名前を伏せて証言を並べると。
嬢A「二階の廊下掃除をしてました。気がついたこと？　特にないです」
嬢B「私は今日の当番じゃないから部屋にいた」
嬢C「ケーキ？　いらない。変わったこと？　あんたがまたバカ騒ぎしてた」
嬢D「嬢Aの掃除がいいかげんだから、私がそのあとやってた」
嬢E「一階の掃除をしてたら、嬢Cが廊下をうろうろしてました」
嬢F「厨房で今日の下ごしらえしてた。嬢Bが水を飲みにきてたと思う」

嬢G～L「楽隊の練習をしていた。誰も一度も席を外していない」
嬢M「部屋にいたけど、嬢AとDが少し揉めてた」

全っ然、わかんな～い。

とりあえずここからわかる事実って、あたしが嬢Cにめっちゃ嫌われてることくらい。なんでなのよ。

じゃあもう楽隊の子たちは全員容疑者から外しちゃうかな。そしたら半分減るし。嬢AとDも外してよさげかも。あとは――

「だけど、カギは誰も開けられないよね？」

「そうなんだけど。でも、そこはあたしもちょっと考えてることがあって」

もう一度現場に行こうとルペちゃんに言う。さっきは慌ててよく観察できてなかったけど、気になることがあった。

納屋は、お酒と肉の匂いがする。獣くさいような、ひんやりとして不気味な空気だ。なるべく千葉のほうは見ないようにして、ルペちゃんに解説する。

「もしも犯人がこの扉から入って来て、そして何かを飲まされたのなら、千葉はこんな風に背中をこっちに向けて倒れてないと思うんだ」

まあ、殺されそうになったから奥へ逃げようとしたってことも考えられるけど。でも、千葉だってレベル九〇くらいの冒険者だ。もしも犯人がここの嬢だとしたら、いくら両手を縛られてたとはいえ、背中を向けて逃げる前にすることのひとつやふたつあるだろう。まあ、それを言ったら、そもそも千葉を殺せる嬢がここにあたし以外にいるかって話にもなるけど。

毒を無理やり飲まされたにしろ、騙されて飲んだにしろ、体の向きにちょっとした違和感があった。千葉は扉の反対側を向いて倒れていた。

「それに、ここは隙間が多すぎるよ。照明も窓もないのに外の光で中が見える。おんぼろもいいとこ」

つまり千葉もその気になれば壁を壊して逃げ出せた。なのに逃げなかった理由は……それは、もう聞けない。バカだったたから気づかなかっただけかもしれないけど。

本当に、最後までバカなんだから。

「見て、これ」

「なにこれ……足跡？」

犯人は千葉の吐いた血を踏んでいた。靴底の一部だけだからわからないけど、小さい足だ。たぶん女の子。その跡は納屋の奥に積んである箱や椅子をいくつか踏んで——奥の壁の前で止まっていた。

あたしは、そこの壁を押してみて、緩いと思ったところを上にずらしてみる。

「えっ⁉」

思ったとおり壁の一部が外れた。女の子ならくぐれるくらいの穴ができた。試しにあたしが通ってみると、簡単に外に出られる。

「ルペちゃんもおいでよ」

「う、うん。ちょっと怖いかも……」

高い位置にあるから少し危ないけど、その出口からはルペちゃんでも出られた。太陽と虫の声。外の空気は明るい。

納屋に入るのに、カギなんて最初から必要なかったんだ。

ただ、ルペちゃんですら知らない秘密の出入り口ってことは、犯人は結構ベテランの子かも。

あたしは娼館を睨みつけて見上げる。やっぱり千葉を殺したやつはこの中にいるんだ。

気持ちはすごいシェアできるけど、それはやっちゃいけないことだよ。

「ルペちゃん。次は千葉の死体を調べよう。殺害状況を詳しく知りたい」

「え、う、うぅ……」

正直あたしも見たくはない。でもこのままじゃ千葉の無念は晴らせない。犯人は絶対に捕まえてやる。

「行こう。大丈夫、犯人は必ずあたしが見つけてみせるから」

納屋の外側を回って、震えるルペちゃんの手を握って入る。

そして再び、死ぬほどビックリすることになった。


千葉の死体が消えていた。


「えええええええっ⁉」

あたしとルペちゃんはまたもやひっくり返った。

やだもう、なんなのこれ。千葉、早くも怪奇現象になったの。マジで迷惑っ。死後くらい落ち着いたらどうなの、多動性がやばすぎない⁉

「誰かが……死体を盗んだ、とか？」

でも、あたしたちが納屋の秘密の出入り口に気づいて、いったん外に出てから扉に戻るまで一分もないくらい。その間に死んだ人を担いで逃げられる？

ただ呆然と、誰もいない納屋で腰を抜かす。やがてルペちゃんが、ポンと手を叩いた。

「もしかして、チバくんは死んでなかったってことじゃないかなっ」

「そっか！」

ルペちゃんが嬉しそうに言うから、うっかりあたしもホッとしてしまうとこだった。だけど、それもどうなの。じゃあ、あの血は何だったの。心臓だって止まっていた。

喜ぶのはまだ早い。普通にゾンビになっただけって説もありうる。

ここは異世界、娼婦の館。何が起こるかわからないよね！

「とりあえず千葉もしくは千葉だったものを探さないと。そんなに遠くには行ってないはず」

足跡らしきものはなかった。通りに出ても、それらしい人影は見えない。亀さん模様に体を縛られたゾンビが歩いていたら騒ぎにもなるはず。そんな様子もない。

だったら、千葉は青猫亭の中に？

あたしたちは、もう一度娼館に戻って捜索した。

さっき見たときと特に変わったことはない。掃除や準備で少し動いている物はあった。ゴミ箱はきれいになっていた。楽隊のみんなも店内に揃っている。厨房ではお客さんに振る舞うお料理の下ごしらえが進んでいて、さっきみんなに配ったケーキの皿も人数分残っていた。

それ以外に新しく増えていた物も人もいなかった。いなくなっている人もいない。千葉の姿も、ない。

同じように、みんなに話を聞いて回った。

嬢A「通りまでゴミ出しに行ってました。下着泥棒は見ませんでしたよ」

嬢B「何も見てないけど……嬢Cがバタバタしてた」
嬢C「うっさいな。何してようとあんたに関係ないでしょ」
嬢D「あれからずっと掃除してた。嬢A、本当にとろくてイヤになる」
嬢E「嬢Fと店内の準備してました。楽隊はずっと練習してました」
嬢F「店内の準備。楽隊はいたけど変な人はきてないよ」
嬢G〜L「(省略)」
嬢M「嬢A、店の前のベンチでサボってたよ」

嬢C、なんなの。

そんな言い方なくない？　こっちなんて人が死んでるんだよ？

全然ダメ。コイツのイヤな感じが強くて他の情報入ってこない。何がそんなに気に入らないの？

ていうかもう、全然わかんないし！

店のテーブルであたしは頭を抱える。自分のバカさがイヤになって、ぽかぽか叩く。

千葉が殺され、千葉もしくは千葉だったものまでいなくなったっていうのに、何にもしてやれない。友だちらしいこと、最後までしてやれなかった。アイツだって無念はあるはずなのに。

なんだよ。

チートなんて、ちっとも役に立たないじゃん。あたしが欲しいものはいつもここにないんだ。

たとえばスキル『探偵』でもあれば。スキル『相棒』とかスキル『体は子ども頭脳は大人』とかあれば、犯人をボコにしてやれるのに。

大体なんなの。『掘削』とか『緊縛』とかって。そんなの全然欲しくなかった。仕事だから相手を選べなかったし。

初めて自分から寝たいと思った人も、何もくれなかったし。

あたしの体から、妖しいオーラが薫り立つのがわかった。

こうなったら、寝るしかないよね。ちょっと反則っぽいけど、ここから先は手当たり次第だ。

使えるスキルに当たるまでやるしかない。ウェルカムトゥアンダーグラウンドインアナザーワールド。元東京JK小山ハル十八才。今から異世界男子を食いまくりまーす！

「ハルちゃんっ、ちょっとこっちきて」

「ん？」

やけになりかけたところで、ルペちゃんが厨房から手招きする。

何かと思ったら、嬢たちに配ったケーキの空き皿だ。ていうかそれ、さっきも見たし枚数まで数えたけど。

「これがどうかしたの？」

「えと、あんまり関係ないかもしれないけど、ケーキは一つ余ってたはずだよね」

「そうだっけ？」

あたしは人数分買ってきたつもり。

全員に一つずつだねって言って、ルペちゃんも一緒に配ったはずだけど。

「……あのね、もしかしてなんだけど」

ルペちゃんは、なぜかちょっと言いづらそうに、スカートの端を摑んでもじもじする。

「チバくんのいる場所、わかったかもしれない」


犯人は再び現場に戻ってくる。

一応探偵役だったはずのあたしも、何度ものこのこと戻ってきたこの現場に、もう一度ルペちゃんに連れられて戻ってきた。

夜想の青猫亭の納屋。

そこに本日の犯人かつ被害者かつ生ける屍《しかばね》の人が、床にちょこんと座り込み、手にべっとりついたクリームを舐めとっているとこだった。

「あ、やべ」

あたしらに見つかって、慌ててケーキを後ろに隠す。

オンボロ納屋の隙間から差し込む夕日を、赤頭が反射していた。貧相な顔立ちはさすが生ける屍だよねって一瞬思わせるけど、そういや前からそうだったよねと、混乱しつつも徐々に頭が整理されていく。

群馬が息を吹き返した。

関東の奇跡をあたしは見た。

「この……バカぁ！」

首を絞めてやろうと、しがみつく。ムカついてしょうがないから耳元で怒鳴ってやる。

「バカっ、バカぁ！　あんたなんて死ねばいいっ。死ねばいいって、思ってた！　うぅ〜〜っ」

頭にくるし悔しいし、しかもなんか気が抜けちゃったしで、よくわかんない涙がでる。

コイツ本当にバカ。こんなのがこっちの世界で唯一の同郷だなんて恥ずかしくてしょうがない。あたしの恥。リアタイ黒歴史。なのに。

「……どしたの、コイツ？」

などと、とぼけたこと言いやがって。

「安心しちゃったんだよ」

ルペちゃんまで、なんだか変なこと勘違いしてるし。

もう、ほんとムカついてきた。

――で。

「説明しろや」

再び亀さん模様に縛り上げた千葉を納屋の外に転がし、尋問を再開する。

よくよくこれまでのこと考えたら、本当にシャレにならないくらいの怒りになってきた。最初から最後まで、あたしがなんでこんなヤツのためにあれこれ驚かされたり走り回ったりしてんのか、意味がわからない。

レベバイ（スキル『レベル・バインド』のことね）解除しちゃう？

もうやっちゃう、コイツ？

「あー……えーと」

千葉はきょろきょろ視線を泳がせる。

娼館のほうを見て、あたしを見て、そしてルペちゃんを見て唇を噛む。

「そうっ、俺は、性的好奇心を抑えきれずに君たちの下着を盗んだっ。パンツが大好きだからっ。愛してるからっ。俺は変態なのかもしれない！」

「知ってるっつーの。それからのこと聞いてるの。あの死んだふりはなに？　マジで死んだんじゃないの？」

「え、あれはトリップしてただけというか……」

「トリップ？」

千葉は目をぱちぱちさせると、唇を舐めて答える。

「あ、あー、いや死んだふりはあれだ。魔物の森での厳しい修行で身につけた俺の新しいスキルだ。あそこ、熊とか出るからな」

「え、まーくー出るの？　やだ、森最強の生き物じゃん」

魔物はまだしも熊はやばい。また行くことあったら腰に鈴をつけよう。

「だってハル、官兵を呼ぶとか死刑だとか言ってたから、やばいと思って。先に死んだことにしとこうと思って、そんだけ！」

「はあ……やること卑怯すぎない？　これだから千葉は！」

ルペちゃんが、「まあまあ」とあたしをなだめる。

「何事もなかったんだから、よかったってことにしない？　死んだとか殺されたとか、そういう話はもうしなくてもいいんだし」

甘いなぁ。体が糖分でできてるのかな、ルペちゃんって。食べちゃいたいな。

こんなどうしようもないヤツの心配までしてたら、いちいち身が保《も》たないよ。どうしたらそんなに優しい命を持って生まれてこれるの。

本当、どうやったらこういう人になれるのかな……。

「下着も返ってきたし、チバくんも無事だったし、よかったよね」

背中を撫でてもらって、少し落ち着いてきた。そうだね。これでよかったんだよね。なんか、腑《ふ》に落ちないような気もするけど。

「ん、でも待って。まだ謎が解明されてなくない？　あの隠し出入り口から出て行ったのはだれ？」

千葉の血を踏んで残っていたあの足跡。

まだ登場していない第三者の存在が残っていると思うんだけど。

「え、出入り口？　いや、あ、あれは……」

あからさまに動揺し始める千葉。あたしの探偵としての勘（推理力ではない）が警告音を鳴らす。

やはり何かあるんだな。この事件には裏がある。どうする、やっぱりレベバイ解除？

暴力による任意の聴取をやる？

「あっ、あれはっ、ごめん、私なの！」

ルぺちゃんが、ぴんと手を伸ばして突然の告白をする。意外な展開に、あたしと千葉が同時に「え？」と返した。

「えっと、あの、じつは前からその出入り口のことは知ってて、ごめんね。時々、そう、お仕事をサボりに来てたの。本当ごめんね。でね、その、チバくんがどうなってるのか気になって、お買い物から帰ってから、いや、ごめん、お買い物に行く前に、ちょっと覗いてみたのね」

そうしたら、彼が倒れてたから……と、そこまで言ってルペちゃんは黙る。

店頭デモを唐突に終わらせたヒューマノイドロボットみたいに、行き先を失った会話を両手に抱え、どっちへ持っていこうかという体勢で固まってしまった。

目だけが器用に動いて千葉を見る。そのバトンをキャッチした千葉は、物理的に動かせない体を固定したまま、同じように目だけであたしを見る。

え、あたし？

二人のスルーパスが集まったので、なぜかあたしが考えてみることにした。

「薄暗くて、寝てるだけだと思ってしまった……？」

「そうそれ！」

ルペちゃんと千葉がハーモニーを響かせる。勢いづいたあたしは、更にその先も推理する。

「でも死んでいたこと後で知って、自分が容疑者になるのが怖くて言い出せなかったとか……？」

「本当それなの、ハルちゃん！」

「天才じゃねーの、ハル！」

やだ、こんなの全然あてずっぽうなのに。マジで正解なの、ウソみたい！

いやマジでこんなのが正解なのウソくさいとか、本当の解決篇を後日あたし抜きでやるつもりなのではとか少し思ったけど、口を揃えて天才とか名探偵とか囃《はや》し立てられ、照れくさくてクネクネしちゃう。

あたしって、じつは異世界一の探偵だったみたい。今度勝負ね、ホームズ☆

「……黙っててごめんね、ハルちゃん」

もちろん、怒ってなんかいないよってルペちゃんに言う。

一時はあたしを犯人にしようとしてたことも根に持ってないよって笑顔で言う。

「つーかさぁ、そもそもハルが騒ぎすぎたんだよな。たかがパンツによ」

まだ緊縛状態の千葉は、すっかり事件が終わったつもりなのか、アホみたいにヘラヘラしてた。

あたしのこめかみあたりが、ぷるっと震えた。

「ちゃんと返しに来てやったのに、死刑だなんだと大げさにさ。もう、おかげでみんながバカバカしい思いしちゃっただろ。反省して。あ、あともうほどいて、これ」

誰のせいでこんな騒ぎになったのよ、とか、てめえの使用済み下着なんて返されても捨てるしかないだろ、とか、普通に言いたい文句も言わせないほどに相手をブチギレさせるキレキレの千葉トーク。

おかげで思い出しちゃった。殺人事件とか別にどうでもよかった。

くっそムカつく下着泥棒をどんだけ懲《こ》らしめてやりたいかって話を、あたしはしてたんじゃーん。


「レベル・バインド解除」


戦闘レベル解放。スキル『剣技+一五〇』、『体術+一二〇』、『素早さ+一四〇』、『精度+一〇〇』、『動体視力・神』、『周辺視野・宇宙』、『反射速度・光』オープン。『状態異常無効』、『攻撃魔法無効』、『即死無効』オープン。『炎魔法』、『氷魔法』、『風魔法』、『土魔法』、『雷魔法』、『召喚魔法』オープンしてすべての魔法項目に『賢者の智』補正。『デュアル・スペル』オープン。『スキル殺し』オープン。『ダブル・ブレード』、『バスタード・ソード』、『チャージ・スピア』、『アイギス』オープン。『武装概念具現化』と『魂魄《こんぱく》完全破壊説法』をスタンバイ。

スキル『ステータス・リスト』――オープン。

千葉とのレベル差を確認。

鼻で笑う。

「……他に言い残すことがあれば今のうちだぞ、千葉」

「ハルちゃん、落ち着こうね。チバくんも反省してるもんね？　ね？」

あたしたちの間に体を差し込み、ルペちゃんが必死に止める。

そうだった。彼女の前でこんなあたしを見せるわけにはいかない。落ち着こう。キレちゃダメ。あたしは異世界で平和主義に生きると決めてるの。普通の女の子になるの。暴力なんて大反対。

「おいおい、なに。またキレてんのかよ、この時代遅れの暴力系ヒロインは。おまえの暴力なんてチート主人公の俺にとっちゃ可愛いもんだけど、それにしたって限度あるんだぞ？　いいからさっさとほどいてくれって。つーか、よくこんな結び方知ってるよな。スケベかよ」

チート便利で最高とか、非日常を楽しんで悪いなとか、カフェでゆったり思ってたけどそれは間違いだ。

今日使ったスキルは、結局この三つ。

『掘削』

『緊縛』

『蠟燭』

ＪＫに何をやらせてるのよ、異世界。

ジェイソウルブラザーズキッチン

自分、ジェイソウルブラザーです。

でもハルさんが「スモーブのほうがいい」と言ってくれるので、最近はスモーブと名乗ることが多いっす。

自分、スモーブっす。

今日は料理を作りたいと思います。いや、あの、料理は毎日しているんですけど、ハルさんが「しゃべりもうまくないとカリスマシェフにはなれない」と言うので、しゃべりながら料理する練習します。カリスも、マシェフも、意味はわかりませんけどこれからは目指していきたいと思います。

ハルさんが、「スモーブならなれるよ」と言ってくれたんで。

ではその、料理っす。

なんでもいいんですが、じゃあ、まずは肉を焼いてみたいと思います。

マンガ肉っす。

この真ん中に骨が通った太い肉のことを、ジェイ食堂では「マンガ肉」と呼んで出してます。うちの名物っす。

名前の由来は、今から数十年前に先々代が新しい肉の形を求めて焼いていたところ、当時有名だった少年冒険者さんが通りすがりに「マンガで見た肉だ!」と叫んで、この名前になったという逸話があります。

ただ、マンガっていうのが何かは誰も知らないそうです。そういえばハルさんも、「ルフィが好きそう」と不可解なことを言ってたっす。

さてこの肉の調理法ですが、基本的にはじっくり焼くだけです。

最初に強火で表面を炙《あぶ》ったら、あとは火を遠くして回しながら焼きます。ある程度火が通ったところで味付けをします。

樹塩を砕いたものに、ハブの粉やペパの実を混ぜたジェイ食堂特製味付けです。

これ、ハルさんの提案で店頭販売してるっす。味付けだけを売るって発想は自分らには衝撃でしたけど、意外と評判がよくて食後に買っていくお客さんは多いです。ハルさんはすごいっす。

この味付けを肉に振ります。ハルさんが言うには、できるだけ高い位置から振ったほうが、まんべんなく味が行き渡るそうです。

脇を締めて肘に角度をつけて、指に挟んだ味付けを指先から落としていきます。

ハルさんはこれが好きだそうです。「もっとセクシーにやって」とよくねだられます。味が濃くなりそうで心配ですけど、よろこんでくれるのでかなり撒《ま》いてます。

肉はだいたいこんな感じっす。うちの食堂は肉料理を中心にやってるので焼き場も多いし、担当の料理人もいるのであまりお待たせしないで出してます。

ただ、ハルさんが言うには「盛り付けが乱暴。肉が多すぎてバランスが悪い」と、あまり良い点数ではなさそうです。あと「女子の食べたいものはこれじゃない」と、マンガ肉にかぶりつきながら言います。

女子の食べたいもの、というのはすごく難しい問題です。だって、うちの食堂にはそもそも女子のお客さんは来ないっす。ハルさんたちぐらいです。

ハルさんの食べたいものはできるだけ用意したいですけど、商売としてはきついかもです。親父も、自分が調理場に立つって条件で好きにやらせてくれてるけど、あまり変なことはしてほしくないようなことは言ってます。

最近は甘い物も出すようになりましたし、新しい料理も考えて出しています。

店の前にも席を並べて開放的な食事場所を提供したり（これもハルさんの考えです）、そこでハルさんたちが楽しそうにお茶している姿を通行人に見せたりと宣伝もしてもらっているんですけど、店として女性向けが商売になりそうかというと、正直ちょっと、はい。

でも、まだ始めたばっかりです。ハルさんの考えることはすごすぎてたまに理解を超えてますけど、自分としては信じて実現していきたいっす。

親父や常連さんたちには、「女のために張り切ってる」と笑われるけど……ハルさんには、たぶんだけど娼館以外の居場所が必要な気がするんで。はい。

肉を焼いている間に、ケーキを作ります。

まず生地は、ギムリの粉や砂糖、卵、リーム草の汁などを混ぜて作ります。リーム草はじっくり煮出して白くなったお湯を冷まして、上層をすくい取って使います。それを攪拌《かくはん》するとさらに濃厚な固形が取れますが、汁の状態で使うほうがハルさんの好みっぽいです。ですが、日持ちのことを考えるとリーム草は固形で使ったほうがいいので、今回はそっちにします。ギムリもリーム草も風の錬成魔法で育ちますので、生地をふんわりとよく膨らませます。

リーム草の煮汁は、砂糖を加えて、混ぜてふんわりとさせてから、焼いた生地の間や上に盛り付けたりもします。リーム草以外にも、溶かした砂糖を塗ったり、カオの実を煎《い》ったものを混ぜたり、いろんな果物のジャムを使ってみたりと、ケーキの盛り付けにはいろいろな工夫ができるっす。

この盛り付けという作業が、今の自分には一番楽しいというか自信があって、上手にできるとハルさんがすごくよろこんでくれます。

料理の見た目をハルさんは重視してるっす。「きれい」や「かわいい」や「いんすたばえ」がお客さんを惹きつけると言います。意味はわからなくとも、ハルさんが楽しそうだから、いんすたばえしたいと自分は思っています。

　今回は、普通の丸ケーキです。手のひらくらいの大きさで器状にしたタイネッの葉に、生地を流して焼きます。焼き上がった生地にリームの汁を盛ってできあがりです。果物を載せてもいいです。

ケーキの基本なので、自分は今も毎日多めに作って注文に備えています。ただ、これもやっぱりハルさんたちしか注文するお客さんがいないので、たいがいは売れ残ります。

たまに「詫びケーキ」だと言ってハルさんが大量に買っていくこともありますが。

　こないだもルペさんと一緒に『夜想の青猫亭』の従業員さんたちの分を買っていきました。今度は何をやらかしたのやら自分は聞きませんが、気の毒なので割り引きをしますと申し出たら、「チバに払わせるからいい」とハルさんは言うので、だったらいいかとハルさんとルペさんには特製のケーキを――


「スモーブさん、さっきから何をひとりでしゃべっているんですか?」


　全身の肉が悲鳴をあげたっす。

開店前だというのに、お客さんが入ってました。キヨリさんです。ハルさんの友だちですが、たまにおひとりでも店に来てくれる方です。

「すみません、先日ここでクッキーを焼かせていただいたお礼にと……というか、本名はジェイソウルブラザーさんとおっしゃるんですか？　どうしてそんな大事なことを今まで隠してたんですか？」

「う、え、その」

キヨリさんは大きな瞳をますます丸くして顔を近づけてきます。どうやら最初から聞かれていたみたいっす。全身の肉が羞恥に震えるっす。

どうして自分がスモーブなのか、うまく説明できる自信はありませんが、ハルさんがそう名付けたこと、そのうち自分も馴染んできたこと、最近では親父にまでスモーブと呼ばれるようになったことの経緯を説明しました。

かなり口ごもってしまいましたが、キヨリさんは、たまに相づちを打ったりしながら、ちゃんと聞いてくれたっす。

「そうだったんですね……ハルさんは、エンドレスレインさんのこともグンマとかサイタマとかチバとか変な呼び方をしますものね。もしかしたら、殿方を名で呼ぶのは畏れ多いとか、そういう習わしのある土地のご出身かもしれません」

キヨリさんは頭の良い人です。謎の多いハルさんの言動も、少し理解できた気がします。

自分はもう、スモーブとしか名乗らないことにするっす。

「では、その……あらためまして、ジェ、ジェイソウルブラザーさん。何をなさってたんですか？」

だけど突然、キヨリさんに本当の名前で呼ばれて、顔の肉が引きつったっす。

ひとりで料理の解説をしていたところを見られたっていうのもかなりあるんですが、年の近い女の人に本名で呼ばれるのは、久しぶりで照れくさくなったっす。

「え、あう……」

自分はしゃべるのが苦手です。独り言なら自信ありますけど、特に女の人の前だと舌がもつれます。ハルさんは一人でもペラペラしゃべってくれる人なので聞いているだけで楽しいけど、キヨリさんは、なんというかいろいろと質問をしてくるので、二人きりだと結構大変です。

「………」

ただ、自分がしゃべり終わるまで待っててくれる人でもあるので、説明責任みたいのも一緒に問われている気分になるっす。

自分は説明しました。ハルさんが言うには、これからは料理人の名前も売るべきだと。『ジェイ食堂』ではなく『スモーブ』の客も摑もうという提案でした。

正直、自分に向いているとは思えないのですが、たとえば女性対象の料理学校なんかを開いて、女性の客を摑んでいこうという考えです。店の味を家で再現できたらみんな嬉しいんだと言って。

嬉しいのかもしれませんが、そんなに難しい料理はやってないし、家でも作れるようになったらもう店には来てくれないかなと思います。なので、一応はカリスマシェフを目指しますが、どうなるのかは自分でもわからないっす。

ということを説明したつもりです。

「なるほど。料理で人とつながろうということですね。ハルさんらしいです」

キヨリさんは、自分の話を聞いて大きくうなずきました。

「ジェイソウルブラザーさん。たぶんですけど、やってみてもいいと思います。女性客っていうのは、これまでの飲食店がずっと見逃してきたお客ですので。それに料理を教えるということは、ジェイソウルブラザーさんから離れないお客になるという意味だと思います」

自分から離れないお客？

キヨリさんは、目をキラキラさせて説明してくれます。

「そうです。お客さんであり、お弟子さんになるわけです。そんなことをやっているお店はどこにもないから、きっと街の外にも評判になるでしょう。そうなると、遠くに住んでる人もジェイソウルブラザーさんの料理が気になって食べに来ます。気に入ればこの店の味付けを買っていきます。それが家庭の味になれば、今度は味付けを買うついでに食事にきてくれます。お客さんを拡大して、囲い込む。私は商売に詳しくないのでわかりませんが、いい発想に聞こえますよ」

自分にはすぐ理解できなかったたっす。だけど、じわじわと、なんとなく「それはすごいな」と思えてきました。

やっぱりハルさんはすごい。そういう話だと思ったたっす。何度でもうなずくっす。

「あと心配しなくとも、この店のお料理はそう簡単には素人に再現できませんよ」

と、キヨリさんは微笑みます。

「あなたが料理しているところを私はよく見ていますので。帰ってから真似して作ろうと思っても、なかなか同じ味は出せないです。もしも料理学校ができたら、ぜひ私も入学させてくださいね」

そういえば、キヨリさんがハルさんたちを待つとき、いつも自分の調理台が見える場所に座ります。一人で『てらす席』は目立つからだと思いますが、じっと手元を見ていたのは料理を覚えるためだったたっすか。

だったら、ちゃんと説明しながら作っていればよかったたっす。キヨリさんには、いろんなことでお世話になってますので。

「……あの」

何か作りますかと提案してみます。キヨリさんは、「お茶をお願いします」と注文してくれました。

お茶は料理なのか疑問っすけど、せっかくですので、なんとか作り方を説明しながら淹れたいと思います。

「今日のお茶は、黒メマ茶です」

「あ、私、好きです。上品な渋みがいいですよね」

言葉に詰まってしまったっす。

キヨリさんは、わりと率直に「好き」と口にしますが、なんというか少し刺激が強いです。

自分のことではないのは知っているんすけど、あまり女の人の口からは聞いたことのない単語ですので。はい。

「そういえば、ハルさんもお気に入りのお茶でしたよね。だからよく出てくるんですか?」

しかも、容赦のないところもあります。否定はできないので、やっぱり何も言えなくなります。

今は料理の解説中なので、ということで勘弁していただきたいっす。

「えっと、店で出す黒メマ茶は、こうして鍋につけて用意しているっす」

大鍋に水を入れ、アミ袋に入れた黒メマの実を二晩つけます。その水は全部捨てて、次に半日ほど煮出して、冷ましてから味の調整で薄めたりします。ハルさんは薄めがいいみたいなので、かなりの水を足します。ただ、それだと少し味が寂しいかもなので、砂糖を足したりトミンの葉を浮かべたりすると、「おいしい」って褒めてもらえるっす。

「お茶の淹れ方はそれだけです。乾燥葉を使う茶にしても、店で出すものと家庭で淹れる味はたいして変わらないです。ただ、あの、黒メマ茶には違う淹れ方もあって。セイガヤという森の東側の地方の人たちは、こういうやり方をするらしいっす」

「セイガヤ、ですか……」

「はい。あの、あまり知られていませんが、こちらと違う独特の文化のある地方みたいです」

空《から》の鍋に、黒メマの実を十粒ほど入れて火にかけます。黒メマは、水につけてから乾かしたものです。今回は水に二日つけたメマを使いますが、実際は一時間くらいでいいです。あと、なるべく粒の小さいものを揃えます。

火にかけていると、そのうち皮が破れて、土の錬成魔法の匂いが漂います。ですが、さらに続けていると、だんだんメマ本来のいい香りが出てきます。そうしたら火からおろして、カップに五、六粒程度入れてお湯を注ぎます。

そのとき、リンゴの花を乾燥させたものを浮かべてもいいと思います。

香りをつけるだけなので、飲む寸前におろしますが。ただ、こうして花のガクごと乾燥させたリンゴの花は、火の錬成魔法も少しずつお湯に溶かしていくので冷めませんし、魔法を放出することで回転もします。見た目にも楽しいと思うっす。

「わあ、可愛いですね。それにいい香り」

「で、黒メマの色が出るまでこのまま待ってできあがりっす」

「はい」

「…………」

「…………」

失敗っす。

話すことがなくなってしまいました。この待ち時間を自分は計算に入れてなかったっす。何か気の利《き》いたメマ知識でも披露できたらいいんでしょうが、特に面白そうな話も思いつかないっす。

「えっと、こないだハルさんが」

「あと少し気になってたんですけど。ジェイソウルブラザーさん、お料理の解説と言いながら半分くらいはハルさんの話ですよね？」

「……はい」

「ちょっと話しすぎではないですか」

全身の肉がこねられる感じっす。

確かに自分は話題の種類が少ないです。食べ物かハルさんです。親父にまでスモーブと呼ばれるはずっす。

「セイガヤの人たちの黒メマ茶は、どうして淹れかたが違うんでしょうか」

「あ、確か飲み水がこちらほど豊富ではないという話です……」

「なるほど。では普段はそんなにお茶は飲まないんですかね」

「薬として飲まれているらしくて、あと何か特別なときなんかに飲まれるようです。それに、こうして淹れると黒メマも食べられるんです」

店でお茶にした出涸《でが》らしの黒メマは、使い道がないので骨と一緒に業者に処分してもらっています。だけど火を入れてほんの十数分お湯につけただけの黒メマには、まだ味も香りも残っています。

匙《さじ》で一粒すくって、それをキヨリさんの手の上に載せました。しげしげと眺めてから、薬を飲むように慎重に彼女は口の中に入れます。

かじって、微妙な笑顔になりました。

「ちょっと苦いですね。でも香ばしくて、滋養がありそうです」

自分も食べてみたことがありますが、美味しくはないです。おかしなものを勧めてしまって、またも失敗してしまったみたいっす。

だけどキヨリさんは、「今みたいなお話が好きです」と、また赤面するようなことを言いました。

「ジェイソウルブラザーさんは物知りですね。そういう話を教えながらお料理するとお客さんも喜ぶと思いますよ」

まさかのメマ知識が役に立ちました。

自分は、楽しい話というのはハルさんが話すような笑える話題のことだと思っていましたが、キヨリさんはこんな話でも楽しんでくれる人のようです。だったら、自分でもたくさん話せることはあるっす。料理のことでしたら少しは自信あるので。最近。

リンゴの花はお湯を吸って動きが鈍くなり、お茶の上に花弁を広げていきました。すくい取って、できあがりのお茶をキヨリさんの前に置きます。

「いただきます」

両手で持って、香りを嗅いで嬉しそうな顔をしてくれます。一口含んで、「変わった味」と微笑みます。

「でも美味しいですね。リンゴの香りがいいです。苦みが強くても爽やかな後味で、大人の味って感じでしょうか」

キヨリさんは褒めてくれますが、自分もそれなりに料理人として修行してきた身なので、多少は表情で正直な感想はわかります。キヨリさんには、というよりも若い女性にはあまり好かれない味なんだろうと思います。

なのに、なぜこれを出してしまったのか。ちょっと調子に乗ってたかもしれないです。

キヨリさんは、自分の料理をいつも喜んで食べてくれる人なので。多少失敗したものでも。普段のお茶に交換するか聞いてみました。でもキヨリさんは「こちらも美味しいので」と遠慮します。

思い出しました。自分、ケーキも作ってたっす。

今日は料理学校の練習をしていたので、平凡な丸ケーキで申し訳ないですが。それを「練習に付き合ってくれたお礼」ということで出させてもらいます。

キヨリさんは遠慮していましたが、自分もちょっと引け目があるので、無言でしつこく突き出します。粘り腰です。

ハルさんには「押し出しが恋とスモーの基本」と習ってますので。恋ではないしスモーでもないですが。

「じゃあ、すみません。お言葉に甘えて」

キヨリさんは、ケーキを一口食べて「んー」とほっぺたに手を添えて幸せそうな顔をします。本当、きれいな人は食べているときもきれいだなと感心しました。

「リーム草の自然な香りと甘みがふわっと草原のように広がりますね。生地の口あたりの柔らかさが、それをしっかりと包んでくれます。基本の生地の作り方と、リームとの分量が完璧だからこそですね。ベリーもじっくり煮てあるから酸味がまろやか。全部のお仕事が丁寧で優しさにあふれてます。のんびり雲を眺めながら、リームとベリーの咲く丘でお昼寝でもしているみたいに、ふわふわした嬉しい気分。すごく美味しい」

しかも感想の上手さが尋常ではないです。

もしも『みんなの前でいろんな料理を美味しく食べて感想を言う』という仕事があれば、それで生活していけそうな人です。あればですけど。

「それに見た目もかわいい。これ、大事なとこですよね」

無事にいんすたばえもしたようです。そこは本当に力を入れてますので。

「ケーキって本当に不思議なお料理ですよね。これもハルさんに習ったんですか？」

自分の作る料理は、店のものだけじゃなくてハルさんに教わったり一緒に考えた料理も多いっす。でも、ケーキは違うという話をしました。先々代が、マンガ肉の名付け親になった少年冒険者の話から再現した料理だと聞いてます。

ハルさんはさらに進化したケーキを知っていて、いろいろ改良したり新しい作り方も覚えましたが、基本は先々代の残した料理本です。店で出しても他の客には受け入れられなかったので、長い間封印されし料理でした。

キヨリさんは、少し驚いた顔をしていました。『少年冒険者』のあたりから。

「あの……どうかしました？」

「いえ、あの」

その冒険者は、ひょっとしてハルさんと同じ『故郷』の人なんでしょうか。と、キヨリさんは声を震わせます。よく見ると手も震えているように見えます。

「なのに魔王は生きている。もしかしたら、たくさんの勇者が、ずっと昔から何人もこの世界にやってきているということでしょうか。それでも、誰も魔王を倒していない。森の一番奥にいるのは、これまでどんな勇者も倒せなかったくらい恐ろしい相手……」

何やらつぶやきだしたキョリさんですが、自分にはよくわからなかったです。

どうしたんでしょうか。なぜケーキを食べながら魔王の話になるんでしょうか。さすが自分の話を面白いと言ってくれる人だけあって、なかなか変わった話題の展開です。

ですけど、自分は魔王や冒険者には詳しくないっす。縁のない話なので。

「ジェイソウルブラザーさん」

「え、はい」

「ハルさんには、ずっとここで笑っててほしいですよね。長生きしてほしいですよね。一緒に世界を変えていきたいですよね」

突然そんなことを言われても戸惑ってしまいますが、ハルさんのことでしたら自分はうなずきます。笑顔と長寿を願って、首の肉を挟みながらうなずきます。

「だったら、やっぱりハルさんにばかり任せてちゃダメですよね。これは私たちの問題ですから。私だって強くならなきゃ」

キョリさんは、自身に言い聞かせるようにつぶやきます。「強くなりたい」というシスターも世の中では珍しい気がします。やはり彼女も変わった人なんでしょうか。

自分も変わった料理人である自覚はありますし、ハルさんもおそらく変わった娼婦の人ですので、この食堂はひょっとしたら自分の代でやばいかもしれないです。

「ところでジェイソウルブラザーさんは、何か戦闘術は習っているのですか？」

いよいよキヨリさんのことがわからなくなっていきます。自分は料理人っす。今はしゃべれるカリスマシェフを目指しているところっす。戦場に行っても普通に炊き出し係っす。ただちょっと、キヨリさんの眼力というか、大きな瞳でまっすぐ見られると、こんな自分でも何か用意しておかなければならないような圧を感じます。脂に近い汗が出ます。

「そういえば、ハルさんに『スモー』というものを習っています」

「え、ハルさん直々にですか。というか、スモーブとは戦士のことだったんですか？　めちゃくちゃハルさんに期待されてるじゃないですか……嫉妬します」

そうなんでしょうか。少し面映《おもは》ゆいっす。

「それって、どんな技を使うんですか？」

「えっと、では、実演してみるっす」

ちょっと恥ずかしいのですが、店の広いところに出ます。

ハルさんは、『夜想の青猫亭』で売り上げ三位になってから広い部屋に移りました。そして「せっかく広くなったんだし相撲を教えてあげる」と、自分にスモーを仕込んでくれました。

　正直に言うと、新しい気持ちいいことをしてくれるのかと期待してしまったのですが、そんないやらしい自分をハルさんはいともたやすく投げ飛ばしてくれました。

　あんなに細くて小さなハルさんが自分を簡単に持ち上げるのも驚きましたが、それから毎回二階に上がるたびにスモーをしたがるしつこさにも驚きました。

「部活みたいで楽しい」と、ハルさんは言います。ブカツというのも自分は知りませんが、ハルさんが楽しいみたいなので自分も楽しんでいます。ただ、すごい音がするので店の人には叱られているみたいです。

　それを初めて、他の人の前でします。ひょっとしたら怖がらせてしまうかもしれないっす。それでも毎日取り組んできた稽古の成果を見せるっす。

　両足を踏ん張って、片足を高く上げます。どしんと足をついてから、反対の足も。

　そしてじりじりと踵《かかと》を擦《す》って前に。片方の手は天に向けて広げ、もう片方の手はへそを支えるように。

「……それ何です？」

　キヨリさんは、きょとんと首を傾げています。

　自分は、これはもしかして違ったかもしれないという悪い予感を抱きながら、「スモーっす」と答えます。

「え、それが？　ちょっとわからないというか、初めて見る動きでしたが」

「ハルさんが言うには、これがスモーの基本で挨拶みたいなものだと……なので、その、二階に上がるとまず今のをやってるっす」

「二人で、向かい合って？」

「はい」

「もしかして、真顔で？」

「真顔っす」

「あはははっ。ちょっと、すみません。でも想像したら、お腹によじれがっ。すみませんっ。あははははっ」

何度も謝りながら、それでもお腹のくすぐったい部分に深く刺さってしまったのか、キヨリさんは笑い続けます。

やっぱり戦闘術ではなかったっすか。でも、キヨリさんを笑わせることができたみたいなので、よかったっす。

「本当に楽しい二人ですね」

目元を拭ってキヨリさんは言いました。ハルさんもキヨリさんも楽しいと言ってくれるなら、やりがいあるっす。スモー、もう少しがんばってみようと思います。

「スモーブさんは……あ、すみません、ジェイソウルブラザーさんって」

「あの、スモーブでいいっす。自分も馴染んでますので」

「いえ。ジェイソウルブラザーさんと呼ばせてほしいです。せっかく知った本名ですので」

わざわざ言い直して、自分を見つめます。

キヨリさんは本当にきれいな顔をしています（もちろんハルさんもきれいです。あ、ルぺさんもです）。

自分みたいのはこれまで女性にまるで縁もなかったので、こんな人たちと知り合うことになるなんて、あらためてこの数ヶ月で人生変わったなぁって思います。ハルさんにひとめぼれして、娼館までノコノコついて行ってしまったあたりから。

「ジェイソウルブラザーさんって」

そういえば、キヨリさんの話の途中でした。彼女はもう一度自分の本名を呼んで、そしてなぜかそこで言葉を止めて、ごまかすように微笑みます。

「ジェイソウルブラザーさんって、本当にハルさんのこと大好きなんですねー」

キヨリさんの唯一苦手なところは、こうしてまっすぐに言葉を刺してくるところっす。

「え、あ、あう」

どう答えていいのかわからないので、ひたすら流れてくる汗を拭うしかないです。しかし拭っても拭っても上がり続ける体温に、まるで自分が大きなマンガ肉になったかのような錯覚を起こします。

「……そういうところが、好きですよ」

キヨリさんは、小さな声で言いました。また例の突き刺さる言葉ですが、なぜかキヨリさんは自分自身を刺してるみたいに、胸を押さえます。

「ひたむきで、純粋で。すごくきれいな気持ちをいつも見せてくださいますよね。私は、これまでずっとハルさんみたいになりたいとがんばっているのですが、じつは最近、本当に目指すべき姿はジェイソウルブラザーさんなんじゃないのかなって思うんです」

はにかむように唇を噛んで微笑み、キヨリさんは顔を上げます。

真っ赤でした。

「私、ジェイソウルブラザーさんが好きです」

そして、時間を止める魔法を見せてくれました。

自分の呼吸も、心臓まで止まってしまったような気がしたので、慌てて息を吸いました。

どう反応していいかわかりません。逆に刺さらなかったです。というか、あまりにも途方もない一撃で、頭の中はぐちゃぐちゃです。

「いきなり変なことを言ってごめんなさい。でも、私が好きなのは、ハルさんのことを一《いち》途《ず》に想うジェイソウルブラザーさんですので。あなたのそういう姿や料理しているところを見ていたいってだけですので、振り向いてほしいとかは思ってないです」

だから、気にしないでくださいとキヨリさんは言います。気にしないという作業も、今の状態ではかなり難しいですが。

「あなたの気持ちに割り込むようなことはしたくありませんし、私の望む関係も今のままで完璧です。ただ、どうしてもこの気持ちは言っておきたくて。たぶん私は、また汚されると思いますので。その前に、せめて」

自分は、彼女の告白をほとんど理解できていませんでした。だけど、「汚される」とはどういうことなのか、あとそういえば、「強くなりたい」とも言っていた彼女は、やっぱりシスターの仕事とは違う何かを、それもとんでもないことをやろうとしているように思えて、妙な胸騒ぎを感じたっす。

でもそんなこと、自分なんかが踏み込んでいいことにも思えないです。まごまごしているうちに、キヨリさんは話をたたむように、胸の前で手を打ちます。

「なんて、変なことしゃべってすみません。自分の気持ちって、言葉にするのは難しいですよね。一番近くにあるはずなのに、すぐに見えなくなっちゃう。ふふっ」

それには完全に同意です。自分も自分が何を言いたいのか、よくわからなくなるっす。今もなんだか、胸がどきどきしていて、頭もよく回りません。

「あれ?」

キヨリさんが首を傾けます。鼻をすんすんと鳴らして、目を大きくします。

「スモーブさん、いや、ジェイソウルブラザーさん、肉!」

「あ」

うっかり、マンガ肉を火にかけたままでした。

焦げた肉のかたまりを慌てて取り上げようとして、素手で触って落としてしまいます。自分の手までマンガ肉にしてしまうところでした。

「あつっ……」

「大丈夫ですか、ジェイソウルブラザーさんっ」

キョリさんが治癒の魔法を使ってくれました。普通にお願いするとかなり高いお金がかかると聞きます。ですが、お支払いすると言ってもお断りされました。

「私たちはいつもジェイソウルブラザーさんにおまけしてもらってますし、これくらいは。それよりも、お肉はもったいないことをしましたね」

焦げて、床に転がったマンガ肉を拾います。

これじゃもうお客様には出せないです。ですが、捨てるなんてとんでもないです。

「表面を削れば、まだ食べられると思うっす」

肉に包丁を入れます。焦げた部分の下から、いい色した肉が汁をたっぷり流して現れます。

「あ、美味しそう。よかった、大丈夫でしたね」

そうです。自分たちが食べる分には、全然平気っす。少しぐらい汚れたからってなんてことはないんです。

「どんなものでも、美味しい料理にすることはできるっす。汚れたり傷があっても、それでダメってことはないです」

「本当ですね。焦げた肉の下は、こんなに鮮やかに焼けているんですね」

「大事なのは中身ですので。それに、料理はいろんなものと引き立て合うこともできますので。多少のことは全然問題にならないです、はい」

「かえって香ばしいくらいですしね。肉汁もたっぷりで美味しそうです」

自分としては、先ほど「汚れる」と言っていたキヨリさんに、「どんなに汚れてもキヨリさんはきれいな人です」という思いをなんとか遠回しに伝えたいのですが、口下手なせいか、あるいはキヨリさんも本気で腹ぺこなのか、普通に肉の話として処理されていきます。

でもまあ、いいです。美味しそうだと言ってもらえたら、肉も本望だと思うっす。

「その、もしよかったら、これも食べていきませんか？　店で出せる料理ではないので、お代は結構ですので」

「え、いいんですか。甘えちゃいますよ？」

「はい。今、味付けしちゃいます」

ハルさん直伝の、高い位置からのかっこいい味付けを披露します。

「それにはどういう意味があるんですか？」と、キヨリさんは真顔で尋ねてくるので、また返事に困りました。

泥河は低く流れて

ウィッジクラフトという男とつるむようになってから、そろそろ三十年くらいになるか。

魔王をぶっ倒すっていう、この男の馬鹿げた夢に付き合って、みんな白髪になっちまった。

肌の色も瞳の色も違う。育ちも、そもそも言葉も違った俺たちが同じ髪色になるまでだ。ずいぶんと長い旅を一緒にしちまった。よくもまあ、お互い生き延びたもんだけどな。ウィッジはお祭り好きの馬鹿野郎だが、森に入れば賢く慎重で、誰より強い。そういうヤツだからこそ俺も組んできたんだが、もうダメだ、死ぬと思ったことは一度や二度じゃない。

魔物にぶん殴られて木の上まで吹っ飛ぶ。毒蛾の群れに囲まれる。原因もわからねえ熱に三日三晩うなされる。

死にたくねえって泣きながら帰ってきては、死ぬならあそこしかねえと森に戻る人生だ。

俺も結局は馬鹿だから、どうしたって森の空気が吸いたくなる。故郷みたいなもんだからな。

さて、そんな馬鹿野郎たちの集う酒場に、ずいぶんと場違いな女が来たもんだ。真っ白い服に、真っ白い帽子。肌だってお日様に当たったこともないのかってぐらいに白い。そのくせに、髪は黒くて艶やかで、目ん玉も、こぼれ落ちそうなくらいおっきいのがキラキラしてやがる。

こりゃお嬢さんだ。賢くてお上品で親に学校へも行かせてもらって、シスターなんて気取った仕事をしている都会の女。

森の東外れの少数民族出身、入れ墨だらけの土色肌で、街じゃ近寄る者もいねえ俺の前にそいつはお行儀よく座って、クソ真面目な顔をして言った。

「私をあなたの弟子にしてもらえませんか？」

最初、何を言ってるかわからなかった。ちょっと考えて、ようやく馬鹿にされてることに気づいて、こりゃおかしいやと笑った。

大笑いして、まだ一口しか飲んでなかったブカレン酒をシスターの顔にぶっかけて、親指を地に向ける。

黒光りしたオークの牙の指輪を見せつけながら。

「てめえの神様に言っとけ。おまえだったら弟子にしてやってもいいってな」

酒場のヤツらは馬鹿笑いした。

シスターは、ぺこりと頭を下げると、「日を改めます」などと寝ぼけたことを言って席を立つ。

意外といいケツしてたもんだから、そいつで冗談を言ってまた仲間と笑った。

＊

俺が生まれたのは、おまえも知ってのとおりセイガヤって地方だ。この国にでっかく横たわる魔王の森の反対側。東で俺は生まれた。

ただ、そこの都市じゃねえ。ほとんど森の中で育った。この肌と、この入れ墨。メシも文化も違うからな。そこで『呪われた民』と俺たちは呼ばれていた。

もちろん呪われてなんかねえよ。俺たちに何も落ち度はねえ。呪いなんてものがあるとしたら、それはおまえらの目と心の中だ。同じ人間がそう見えるってんならな。

とにかく人の多いところには住めない生まれだ。川べりに小さな集落があって、獣と一緒に地べたを這って暮らしてたよ。

森を流れる川ってのは土の色をしている。雨が集まって流れていると言われてて、そのまま飲めば必ず腹をくだすんだ。そのうえ、ここよりもずっと暑かった。真っ先に思い出すのは草いきれと泥の匂いだ。虫の羽音と、夜中に遠くから聞こえる魔物の雄叫び。

俺たちは生まれたときから槍を持たされるんだ。短くて、投擲《とうてき》にも使えるやつだ。ある程度の年になったらそれぞれ自分だけの糸や羽根を巻く。獲物を捕ったのが誰かわかるようにな。

男は十五才になると、誰でもいっぱしの狩人で戦士だ。そのために育てられるんだ。

「イーゴ。次はお前の番だ」

そのとき俺は八才か九才。崖の上まで登らされ、そこから川に向かって飛び降りろと大人たちに命令された。

成人するまで、年に数回はそうした試練を与えられる。途中で死ぬヤツは、生きるのに向いてなかったヤツだ。しかたないってことだな。

体を動かすことも、度胸を示すのも俺は得意だった。怖いと思ったことは一度もなかったな。

くるりと後ろを向いて、親指を地に向けて、舌と目玉をぐるぐる回して馬鹿面を見せながら落ちてった。大人たちは渋い顔をして、同年代の仲間は手を叩いて賞賛した。

俺は『勇者になる男』だと言われていた。勇者だと。馬鹿ばっかりだ。あんなしみったれたクソみたいな村から、世界をひっくり返す男が生まれると、あの村の連中は宗教みたいに信じてやがったんだな。

試練を越えるたびに、優秀だった男には入れ墨が彫られる。ガキには相当こたえる痛さだが、それが名誉でもあった。祝い水を飲みながら、大人しく体に色を入れられる。そのときもう俺の胸は墨でいっぱいだった。仲間の中では一番だ。

ただ、雨が降る日はそこが痒くなる。墨は魔物の血でできてるんだ。それが森に還《かえ》りたがるんだと大人たちは言っていた。

魔物は恐ろしい存在だが、俺たちにとっては神にも近い存在だ。その魔物の肉体に近づくことが強くなるための手段だと信じられていた。ガキの俺にはよくわからない理屈で、いい迷惑でしかなかったな。血が馴染むまでは本当に痒くてたまらなかった。

ある雨の日だ。俺は川に行って肌を洗おうと思ったんだ。冷やせば少しはマシだからな。だが、そこで初めて出会ったんだ。

魔物ってヤツに。

向こう岸で俺を見ていた。馬みたいに四つ足で首の長い化け物だ。だけど骨がないみたいに身体はぐにゃぐにゃで、目玉が顔の半分くらいあった。口を開くと小さな牙がびっしり並んでいて、ねばっこいよだれをダラダラ垂らしていた。そうして、ガタガタ震えて動けない俺に舌なめずりして、川の中に入ってきたんだ。

思ったよ。「魔物は魔物だ」って。入れ墨くらいで人が魔物に近づくなんてありえねえ。

人間はただのエサだ。喰われて死ぬだけだ。そう思ったら、しょんべん漏らしてた。

でも、そのときは死なずにすんだ。助けられたんだ。

試練を乗り越えられず、死ぬこともできなかった男は『壁男』にされる。村の外で、村を守るための壁になるんだ。

俺の前に立ったのは、汚え長い髪をした壁男だった。村の中で会ったことは一度もなかった。そいつは人の言葉じゃない何かを叫びながら、魔物に向かって川の水をすくって投げた。そうしたら、魔物は引いたんだ。じりじりと。自分から水に入ってきた魔物が、男の触れた水を嫌がって逃げた。

次に男は、自分の腕を縛った。細い糸で肘の先をきつく巻いて、口の中を噛んでその腕に血を吹きかけた。腕の上で血は泡立ち、腐った卵のような匂いをさせる。それを魔物に突きだして「ボウ、ボウ」と馬が鳴くように男は叫んだ。

魔物も叫んで、男の腕を齧った。噴き出た血をすすった。俺はもう、ガタガタ震えて涙が出ていた。だけど魔物はしばらくそうしていただけで、やがて口を離して、おとなしく帰っていった。

男の腕はぐちゃぐちゃだ。川の中で膝をついてうめく男に、俺は近づいて「大丈夫？」と尋ねた。

そうしたら男は、「アレは腹ぺこじゃなかったんだ。運がよかった」と、脂汗を流しながら笑った。

「代償は血だけで済んだ。今日はいい日だ」

男の片足はよく見ると木でできていた。俺は彼に礼を言った。でもそのことを男は快《こころよ》く思わなかった。入れ墨が気にくわなかったらしい。

「俺に会ったことは誰にも言うな。帰れ」

とりつくしまもなかったから、俺は男の心配をしながら家に帰った。

そして村の男たちから、壁になったヤツらの話を聞いた。俺には関係ないことだって言われたが、しつこく尋ねたら少しは教えてくれた。

戦士になれなかった男は捨てられる。共同社会の外で、馬のように働く道具にされる。

俺たちの村には、『魔術』っていう魔法のようなものがある。魔法との違いは、それが精霊の力じゃなくて、魔物と同じ系統になるってことだ。

つまり、そのせいで俺たちは呪われた民と呼ばれ迫害されている。入れ墨を彫る技術もそれだ。外の人間には、俺たちに魔物の血が流れていると思われてるからな。

だがそうやって迫害されるせいで、ますます生きるために魔術に頼らざるを得なくなる。理解できないだろうが、嫌われるということは、それだけ恐れられているわけでもあるからな。唯一の武器である魔術を捨てるわけにはいかない。隔離されても、迫害されても、無視されても。生きていくために魔術を使い、恐れられ続けないといけなかった。

そんなクソみたいに嫌われた村の中で、一番汚い部分を任されるのが弱者だ。低い場所へと流れていくんだ、そういうものはな。

壁になった男は、先に壁になっていた男から特にえぐい魔術を習う。そして村の外で、魔物から村を守るために戦う。試練を越えられなかった男が、最もきつい仕事をやらされるんだ。

逃げねえのは不思議だよな。でも、そのときの俺もそんなことは疑問に思わなかったよ。村のために働くのは当たり前だったからな。その狭い村周辺が俺たちの世界のすべてで、逃げる場所があるなんて想像もできなかった。誰も。

とにかく俺は、村の男と一緒に、壁になったヤツらを軽蔑してりゃよかったんだ。なにしろ俺は『勇者になる男』だ。

だけど、命を救われた。男は恩義を忘れないもんだ。もう一度、あの壁男に会いたいと思った。

それに俺は、少しだけ垣間見た『魔術』というものに惹かれていた。あの魔物を退ける力だ。忌み嫌われようが何だろうが、あれは強いんだ。

すげえと思っちまったんだよ。

壁男は、最初は俺のことを避けていた。だけどしつこくまとわりつき続けたら、少しずつ話し相手にはなってくれた。

「おまえには入れ墨があるんだから魔術は必要ない」っつって、肝心なことは教えてくれなかったけどな。俺がどういう試練をこなしているのか、あるいは村の暮らしの様子なんかをたまに尋ねるぐらいだ。

あとは黙々と足を引きずり、その辺の草を喰らい、ぐるぐる村の周りを歩き続けるだけだ。

俺にはその姿が勇者に見えた。だってそうだろ。彼は戦っているんだからな。何の報酬も得られずとも。

少し離れたところから、壁男が一日をどう過ごすのか見ていたこともある。

ほとんどは歩いているだけだ。別の壁男とすれ違っても目も合わせない。へとへとになるまで歩いて、たまに座って、すぐに歩き出す。

正直言って、つまんなくてすぐあきた。だが夕暮れぐらいに様子が変わった。

森から魔物がやってきたんだ。

彼はまるで自分も魔物になったみたいに身を低くし、地を這った。そして魔物に近づいていく。

遠くからだったけど俺も見た。毛のかたまりが浮いていた。大きさは子どもが身を丸めたくらい。ふわふわと漂うようにして村に向かっていた。

壁男は、胸元から何本もの木片を出した。キーリの木を削ったものだった。そして何かをぶつぶつと唱えながら、革袋の中の液体を口に含んだ。

後から知ったが、それは『ケシコウモリの血』だ。そうだ。微量を飲むだけでも恐怖心を消すことができる禁制品。キメすぎるとトぶけどな。隔離されていたその村で、唯一、都市と取り引きできる品がそれだった。よく採れたんだよ。

そいつを飲んで、壁男は体の震えを止めた。そうして叫んだ。獣じみた声で、獣の言葉で。キーリの木片を地面に刺す。襲いかかってくる魔物は、その木片で弾かれたように後ずさる。一度魔物を跳ね返した木片は発火してすぐボロボロだ。だけど壁男は、何度も挑発しながら木片を刺していく。

結界だ。

草の中を跳ね回り、魔物が寄ってきたら結界で押し戻す。いつの間にか他の壁男たちも集まってきていた。あの叫びは、仲間を呼んでいたんだな。みなで同じことをして魔物を少しずつ追い出していく。

壁男は魔物を殺さなかった。俺たちにとっては神様みたいなものでもあるからな。慎重に、丁寧に、見逃してくれとお願いするだけだ。村に入ってきたら、村の男たちが戦うことになるが、もちろんそれは壁が全員殺された場合だ。

俺の知っている壁男が、自分の木製の足から枝を一本抜いて、それをかじって火を吹いた。腕のない男が、体で地面に文様を描き、魔術で自分を吹っ飛ばして体当たりする。

夜になるまでそれは続いた。やがて魔物はふわりと高く浮くと、そのまま夜に溶けるように消えた。

男たちはしばらくは動かなくなった。そのうち、一人ずつバラバラに歩き出した。勝利の歓喜も儀式もなく、彼らは壁の役割に戻るんだ。

俺は、ずっとそれを見ていて――泣いたよ。

村のガキどもが「魔物の声」だと怯えていたのは、壁男たちの雄叫びだった。あいつらが叫ぶことが許されるのは、魔物に対してだけだったんだ。

俺は戦士になることにした。なんなら、勇者にもなっていいと思った。

見えていたのは目の前の狭い世界だけだが、それでも俺は、ここをひっくり返してみせると誓ったんだ。

まあ、それから三年も経ってなかったと思うが。

村は滅ぼされた。

＊

「先日は突然失礼しました。あらためまして、私はシスターのキヨリと申します。ウィッジクラフトさんから、ここに来ればイーゴさんに会えると聞いてうかがいました」

場違いなシスター服を着て、またこの女は酒場へやってきた。ウィッジの野郎も、よりによって俺のところにシスターを寄越すとは。あいかわらず冗談の趣味が悪いぜ。

「ハルさんのことはご存じだと思います。私は彼女の友人です。そのご縁であなたのことを知りました。とても強い魔術使いだと」

あぁ、あのウィッジの新しい女か。

前回森に行ったとき、娼婦連れで来るから、いよいよ女好きの病気で脳までおかしくしたのかと思った。が、まさか戦力として娼婦を使うから驚いた。

それこそ、頭がおかしいのかってくらい強い女だった。ウィッジにできることはだいたいできちまうもんだから、あいつの娘かと思ったくらいだ。だがそれも違うとヤツは言った。

『まだ口説いてる途中だ。どうやら他に惚れてる男がいるらしい。必ず奪ってやるけどな』

俺はあのハルとかいう女が嫌いだ。

顔は多少は見られるほうだが、なにしろ頭が悪いし、口も汚い。そのくせ自分はどんな男にも好かれると思っているらしく、遠慮なしにちょっかいをかけてくる。

俺の入れ墨にも「ないすたとぅー」などと意味のわからんことを言ってべたべた触ってきた。そんな女は初めてだ。なんなんだあいつは。

「イーゴさんは、強力な結界も使うとハルさんが言っていました。じつは私も、シスターとして聖結界を学んでいます。ぜひ、イーゴさんの技術を習わせていただけないでしょうか？」

あの女の連れだっていう、こいつもなんなんだ。

そもそもシスターが『魔術』なんかに興味を持つわけがない。ニセモノか、それとも俺をハメようとしているだけだ。笑わせることに、自分で焼いたとかいうクッキーまで持ってきて。

俺は酒をあおって、シスターに手招きする。

寄ってきたそのきれいな面《つら》に向かって、口の中の酒を思いっきりぶっかけた。

「今のが霧吹き結界だ。覚えて帰んな」

シスターは、濡れたまつげをパチパチさせる。

そして、ぺこりと頭を下げて席を立った。俺はそのケツをめがけて、テーブルの上のクッキーとやらを蹴り飛ばす。

「おら、忘れもんだぞ。ガキのおやつ」

また頭を下げて、シスターはクズだらけになった床を片して帰る。近くの席にいた知らねえオヤジが、くだらねえ冷やかしをするもんだから、魔術で酒を沸騰させてやった。

＊

俺が勇者とやらを目指して真面目に試練に取り組んでいる頃、世間は本物の『勇者』の登場に沸き立っていた。

魔王を倒すために異世界から招かれるっつー伝承どおりの男だ。

そいつはまだガキのくせにめっぽう強かったらしい。なんでも『れべる三〇〇』だとか、そういう名前を自称していたそうだ。剣でそいつに勝てるヤツはいなかったとかな。

しかも、いろいろなことを知っていたらしい。美味いメシの作り方も、誰も知らない物語も、戦争や政治のやり方も。

都市のヤツらを夢中にさせたのも、勇者の強さより知識のほうだった。

中身はガキだってことも忘れて、いいなりになっちまったんだ。

村を滅ぼしたのは魔物じゃなくて人だった。俺たちへの迫害が攻撃に変わったのも、勇者のガキが言い出した政策のせいだ。

統一と団結。「打倒魔王」を全員が唱えよってな。

ようするに魔王を倒すために民の一人一人が自分に力を貸せってやつだ。その過程で権力も軍事力も一箇所に集める。反対する者は排斥する。自分を信望する者だけに権力を分け与えて固める。

とんとんと上手く進んだらしい。俺は政治なんてわかんねえが、勇者一人が得するようなそのやり方が通っちまうくらいだから、よっぽど都市の連中は心が広いみたいだな。

俺たちはセイガヤの端っこの非力な民族だ。数も少ないし魔術を使う。そして森の中で、人が居住できる場所をまがりなりにも築いていた。魔王攻略の足がかりに好都合で、なおかつ目障りな異分子だと見なされたわけだ。

その日は雨が降っていた。軍隊がやってきたと思ったら、あっという間に村は制圧された。軍事訓練だってあいつらは言っていた。勇者も、もちろんその中にいた。ピカピカの服を着た生意気そうなガキだった。

今後、村は軍の逗留地《とうりゅうち》に使うから、都市に移住しろと言われた。当然できないと大人たちは答える。都市に行けば迫害されるし、暮らしていく手段もない。

じゃあ、逗留地に住まわせてやるとあいつらは言った。村を取り上げた軍隊に、これからは働いて尽くせって話だ。そうすれば今までどおり生活はできる。あいつらに税と奉仕をささげれば。

大人たちの何人かは抵抗を試みて殺された。そこに加わっていなかった男たちも巻き添えにされた。

俺たちガキは見逃された。「女と子どもは殺せない」って、勇者は格好つけて言っていたんだ。理由はわからねえが、おそらく自分の欲望を満たすのに使えるからってことだろう。男をぶっ殺したのと同じで。

見逃された連中は他にもいた。壁男だ。元々ケガ人で戦えもしないだろうと思われたんだ。

でも俺はヤツらの実力を知っていたので、ある計画を立てることにした。軍は魔術を、ただのまじないや入れ墨程度のものだと思っている。俺たちを見くびっている。

街へ行って勇者を殺すと壁男たちを集めて宣言した。だから俺に魔術を教えてくれと。

ヤツらは賛同してくれた。俺の命を救ってくれたあの男以外は。

それから何年もかけて魔術を学んだ。たまに軍隊がやってきたときには、こっそり森に隠れてやり過ごした。

森の中で一人で何ヶ月も過ごしたこともある。強くなる必要があった。腕っぷしも磨いたが、なによりも魔術だ。俺たちを侮辱したあいつらの度肝を抜いてやりたいと、そのときの俺は思っていたんだ。

そうして決行のときがきた。都市へ出て勇者を殺すんだ。壁男たちは同行すると言ってくれた。危険な旅になるからと。

……へっ。

いや、笑っちまうよな。今の俺は都市で暮らして危険な森へと向かう冒険者だ。なんだろうな、これ。笑っちまう。

そのときの仲間は四人だ。あの壁男は来てくれなかった。

俺が旅立つ日に彼は言ったよ。「おまえを助けなければよかったかもしれない」って。

どういう意味か尋ねたら、「森で死ねたから」だと。

彼とはそれっきりだ。さすがに少し、まあ、そうだな。悲しくはなった。やめる気にはならなかったけどな。

目立つような真似は避けながら旅をした。だが都市に着けば、どうしても潜伏する場所が必要になる。目立たなくて、ひとけがなくて、俺たちが見えづらくなる暗いところ。貧民街に教会があった。そこを占拠して隠れ家にしたんだ。

で、肝心の勇者が住んでるって場所だ。

その土地の領主だった貴族とかいう金持ちの邸宅を自分のものにして、領主の娘やら街の美人やらを囲って男禁制の館にしていたらしい。

結構なことだ。外の警備さえくぐり抜ければ、中にいるのは女だけだ。いつ決行するかを俺たちは考えた。

晴れた日が続いたあとの風の強い晩。壁男たちと警備の男たちの飲む水に『ケシコウモリの血』を混ぜた。そのぐらいの色や匂いはごまかせる。泥水を飲めるようにするのも魔術だからな。

次に邸宅の周りを結界で囲んで火を放った。燃えやすいように魔術で生やした蔓《つる》で覆ってな。もちろん、その程度で勇者が殺せるとは思っていない。それに、あいつは俺の手で殺すと決めていた。

短槍を握って俺は邸の中に入った。火と煙は自分の周りに結界を張って防いでいたが、その代わりに息も続かなくなるから時間はない。さっさと済ませる必要があった。

上手くいってたんだ。そこまでは。だから、俺は勇者殺しを「さっさと済ませる」なんてうぬぼれたこと考えちまった。

焼け落ちていく二階の寝室から、あいつは剣を握って出てきた。向こうは俺を見て少しは驚いた顔をしていたが、次の瞬間には結界ごと俺を吹っ飛ばした。剣をこう、簡単に横に払うだけでな。

槍は折れたし、結界も散り散りになって、焼けた壁を突き破って外まで飛ばされた。左腕と肋骨が折れたが、そりゃ結界があったおかげだろう。向こうは真っ二つにするつもりでいたんだろうからな。

無理だとわかった。一発で目が覚めたんだ。あいつは俺と……俺たちとは、決定的に何かが違う。違う世界だってな。

だけど逃げることもできねえ。太ももに剣を突き立てられた。捕まった虫みたいに暴れる俺に、ヤツは「変わった魔物だな」って言ったよ。

「それで人に化けたつもりか。ケホッ、肌の色が変だぞ、おまえ」

俺は侮辱されたと思って、恐怖も忘れて怒鳴ったよ。村を奪われたこと。仲間を殺されたこと。それに、ガキだからって見逃されたことも。

そうしたら、あいつは何て言ったと思う?

「おまえなんて知らないけど、俺に命を救われたってんなら、なんで感謝しないんだ?」

って。本気で不思議そうにしていたよ。

話にならない。あいつには俺たちが虫けらか何かに見えていたんだ。狂ってたんだよ。

そんなやつに命乞いも恨み言も無駄だと悟ったね。さっさと殺せと俺は言った。やつは俺の太ももに突き刺した剣を抜いた。そのまま心臓をぶっ刺そうとしたようだが、俺の腰に下げた水袋に目をつけた。煙で喉をやられてたんだ。だからまず水袋の紐を切って、がぶがぶとあおりだした。

そして——苦しみ始めた。喉を掻きむしって、もがくようにして。

「てめ、これ……毒、か……ッ」

毒じゃない。警備の連中に飲ませた、ケシコウモリの血の混じった水だ。魔術で無味無臭にしていたが、意識が混濁する程度にはきつめに混ぜている。

だけど、勇者の苦しみ方は普通じゃなかった。たまに体質に合わないやつはいるが、ここまでなんて見たことない。痙攣《けいれん》してぶっ倒れちまったんだ。

まさかと思って、心音を確かめてみたんだが、そのまさかさ。死んでいた。勇者は、ケシコウモリの血で死んだんだ。もしかしたら、それも異世界の人間と俺たちの違いなのかもしれねえ。ちょっと危険なお遊びのための禁制薬が、やつにとっては猛毒だったのかもな。

だがもう誰も確かめることなんてできないし、どうでもいいことだ。俺は念のために、そして誰が勇者を殺したかを示すために、折れた短槍をやつの心臓に突き立てた。

あっけない話だが、それで勝利したってわけだ。

ん、どうした？　そんな話は初めて聞くってか？

そりゃそうだ。勇者が呪われた民の子に殺されたなんて話を誰が言うものか。

俺たちが逃げたあと、連中は自分の間抜けさに気づいて話を変えた。つまり、あの勇者を名乗ったガキは詐欺師だったと。すべて作り話だったってな。

偽勇者を始末したのも、当然自分たちの手柄さ。『市民を惑わし財産や婦女子を奪った罪人を誅《ころ》した』ことにして、さらに『罪人は辺境民族の魔術を使って人々を騙した』という尾ひれまでつけた。全部俺たちのせいにしたんだ。

森の中まで逃げたよ。村は焼かれた。戦える者はいなかったし、壁男たちも次々殺されていった。昔、俺を助けてくれた壁男。彼は真っ先に村を守ろうとして死んだ。

俺もそこで死ぬべきだったかもしれねえ。

でもよ、なんで死ななきゃならないのかわからなかった。ずっとずっとガキの頃からこれまでのこと思い出しても、どうして俺たちがこんな目に遭うのか、その理由がわからなかったんだ。

低い場所へ流れていくんだよ。俺はそこに生まれただけなのによ。

森に隠れて考え続けた。恨みしかなかった。槍を研いで息を潜めて、世界のすべてを呪った。

そこでまた出会ったんだ。ガキのときに、初めて出会った魔物。骨のない馬だ。

今度は怖くなかった。魔物よりも恐ろしいものをたくさん見ちまったからな。結界を張って、草を絡めて、簡単に捕まえた。そして殺したんだ。槍を脳天に突き立てて、えぐって、動かなくなるまで。

それまでは魔物は恐ろしい存在で、神だった。だけど俺は勇者も神も殺しちまった。それは一体、何者なんだろうなって考えた。

そう。魔王だ。俺は魔王だったんだって思った。

雨が降ってたよ。今でも覚えてる。冷たい雨が魔王になった俺の上にずっと降っていた。

追ってくる軍の連中を殺した。森で出会う魔物も獣も殺して喰って生き延びた。

血で入れ墨を作って彫ったよ。日に日に魔物に近づいていると実感したね。やがて誰も俺を追ってくるやつはいなくなった。それでも俺は森の中に住んで、たまに出くわす冒険者の連中をからかったりしていた。

やつらの身につけていた服や、殺した魔物の体の一部を装飾品にして、俺は自分の姿も魔王らしく飾っていった。人でも魔物でもない生き物になるつもりだったんだ。

そんなことを十年はしていただろうか。見た目は完全に魔物だったと思うぜ。言葉も文字も捨ててたし、その日のことだけ考えて生きていた。

俺の噂は相当遠くまで届いていたらしいな。評判の化け物を倒して名を上げようっていう冒険者もずいぶん来たぜ。返り討ちだけどな。

でも中には、この俺に仲間になれっていう変人もいた。

当然、そんなふざけた野郎もぶっ殺すに決まってる。けどよ、そいつはそう簡単にどうにかできる男じゃなかった。あの勇者のガキとはまた違った、いやらしいしぶとさと慎重さと賢さがあった。人間らしい強さを持った男だった。

それがあの、ウィッジクラフトっつー馬鹿なんだけどよ。

＊

三度目にシスターが現れたときは、さすがに俺も少しは話を聞いてやるかと思った。

「聖結界は、聖水や聖木、あるいは聖印を描いた紙や清めを受けた自分の髪などを媒介に、あらかじめ込めておいた魔法を解放させることで発動します。ウィッジクラフトさんは、『法と術の違いはあっても結界の原理は同じ』だとおっしゃってました」

シスターは大真面目な顔をして、そんな退屈な話を始める。まさかとは思うが、俺がそんなことも知らないと思ってんのか。またその顔面に酒でも飲ませてやりゃあ、少しは面白い話になるかもな。

「才能で使い手が限定される魔法と違って、魔術は研鑽《けんさん》によって身につくとも聞きました。私でも覚えられるのなら、聖魔法と魔術を掛け合わせることで、より強力な結界を作ることもできるんじゃないかと考えたんです」

だが、こいつはなかなか面白いことを言った。教会のクソ魔法と俺たちの魔術を掛け合わせる。

どんなクソが生まれるんだ、それ。

「てめえ、コケにするのもいいかげんにしろよ」

酒じゃもったいねえ。コイツが喰らいたいのは、おそらくゲンコツのほうだ。

だが俺が手を上げるよりも早く、酔っ払いのオヤジが絡んできた。

「おう、イーゴ。またその姉ちゃんと一緒か。今日は俺からご馳走させてくれよ」

毎回俺がやっているように、シスターの顔に向かって酒を投げつける。

だがいつもと違ったのは、酒は彼女の顔に届く前に弾かれた。ぶっかけられた力をそのまま返して、男をびしょ濡れにした。

テーブルの上に、いつの間にか落ちていた長い髪が一本、ぐねぐねと縮まってちぎれる。

そういえば、コイツが席を立ったあと必ず髪は落ちていた。いつでも結界を作る用意はできていたと言いたいわけだ。それでも使わなかっただけだと。自分の腕をいつか俺に見せつけるためにか。クソ生意気な。

「てめ、なにしやがったコラぁ！」

しつこく手を出そうとする酔っ払いに、今度は俺が酒をぶっかける。

酒を媒介にした結界だ。壁まで吹っ飛んでったそいつに親指を地に向け、ひと睨みしてやったらすごすごと退散しやがった。

俺だって、その気があれば酒一杯でてめえを吹っ飛ばすことはできた。詫びる機会を与えてやってただけだ。教会なんかのお行儀のいい結界なんて屁でもねえ。

シスターは、目を丸くしたまま頭を下げる。

「素晴らしい技術です。どうか私を弟子にしてください！」

本気なのか。コイツはシスターのくせに、本気で俺の魔術を欲しがっているのか。

なんのためにだ。シスターはシスターらしく、男の治療でもしてりゃいいだろうが。

「このことを教会が知ったらどうなる」

「おそらく破門です」

「それでてめえに何の得がある」

「強くなりたいんです。それだけです」

「じゃあ、俺には何の得があるんだ」

シスターは、しばらく固まったあと、「どんなことでもします」としおらしく答えた。別嬪《べっぴん》な顔。男受けのする体。その使い方ぐらいは心得ているというわけだ。

「だったらそいつを試してみてからだな」

「はい」

ねぐらにしている安宿の場所を教えた。明日、そこに来いと。髪の毛ぐらいは見逃してやるが、結界に使えるもんは絶対に持ち込むなとも命じた。

シスターは、「はい」と低い声で答えて帰って行った。

正直、来るわけがないと思っていた。俺に抱かれたがる女なんて、いた試しもない。

だがあのクソ真面目シスターは、まだ昼になったばかりだというのに、わざわざ茶道具まで持って本当にやってきた。

「友人に茶の淹れ方を教わりましたので」

それもセイガヤ流の黒メマ茶だ。

煎った黒メマに湯を注ぎ、リンゴの花を浮かべて待つ。やがて花が開ききった頃に俺の前に出してきた。

懐かしい匂い。だが、俺の知っている茶ではなかった。

「こんなものは俺の故郷にない。直火で皮を焼いた黒メマをぬるい水につけるだけだ。これは都市の連中が街で飲むために、気取ったやり方に作り変えたやつだ」

村が軍に接収されたとき、そこで女たちが兵士どもに出した茶を、「まずい」と言って作り直させるのを見た。

泥水を真水に変えるだけでも結構な手間だ。量も限られる。アイツらが捨てた茶も、俺たちにとっては本当に貴重なものだった。

「そ、そうだったんですか。申し訳ありません」

忌まわしい記憶を呼び起こすこの女を、ぶっ叩いてやろうかと思った。

だが、懐かしいものは懐かしい。俺が試練を越えるたび、「祝い水」だと言って飲ませてもらえた茶だ。入れ墨と一緒に与えられる名誉だった。

感傷ってやつは、年を取るとこたえるもんだ。この俺を、がらにもなくおしゃべりにさせる。

泥の混じった川の匂い。草いきれ。痩せた黒メマが火で爆ぜる音。

魔物と初めて出会ったときのことも、壁男のことも、村を失ったことも、勇者と呼ばれた男と対面したことも。

ウィッジクラフトとやりあったあの日々も、俺はこのシスターの前で告白みたいにみっともなくしゃべっていた。

全部、この気取った茶のせいだ。

＊

その頃のウィッジは、当たり前だが今よりも若くて、いかにも都市生まれの鼻筋がシュッと通った色男だった。森の入り口あたりで、ザコ魔物を狩ってイキがってる格好つけだと思っていた。

ところがコイツがめっぽう腕が立って、罠にも簡単にはかからない。体力も馬鹿みたいにある。剣を両手に二本握らせちまったら、もう近寄ることもできない。

そんなヤツが、俺に仲間になれって押しかけてくるんだ。最初は真剣に殺すつもりだったが、あの腕前としつこさを知って、すぐにイヤになって逃げることにした。だが、アイツはどこまでも追いかけてくる。何日でも森の中をついてくるんだ。色白の都市野郎のくせに。

「俺と一緒に魔王をぶっ倒そうぜ」

自称魔王に、言うに事欠いて「魔王を倒す」とほざきやがった。

魔王は俺だとヤツに言った。だけどウィッジは笑いやがる。「そいつを名乗るのは本物を倒してからにしろ」って。

あぁ、頭にきたよ。おまえに俺の何がわかる。この恨みがわかるはずがない。人間を憎みに憎んで魔王はできあがるんだ。俺はもう魔王だってな。

だが、ウィッジには勝てなかった。あいつの強さこそ化け物だ。逆に尋ねたよ。おまえは違う世界から来た男かって。

「そんなわけねぇだろ。西の生まれだ。魔物の類いにはちょっとした恨みがあってな。大本《おおもと》をぶっ潰さなきゃダメだと思っただけよ。勇者の伝承が本当だったら、そいつも仲間にするだけだ」

俺は勇者を知っている。化け物みたいに強いヤツだったが、魔王は倒せなかったし、俺でも殺せた。本物の魔王なんて倒せねえ。そこに行き着くことだって誰にもできねえ。

「その噂なら俺も聞いた。ニセモノだったって話だが、おまえが殺したとはな。ますますいいねえ。勇者が殺せるなら、魔王だってやれるだろ」

えらいヤツに目をつけられちまった。何を考えてるのかわからないヤツだと思ってたが、じつは単純明快、魔王を殺すことしか頭にないんだ。

そのためなら何でもする。どんな可能性にも賭ける。おまえもたぶん、自分でここまで来たつもりなのかもしれないが、ウィッジにけしかけられてるだけだぞ。

知ってるって？　それならいいが、間違っても惚れるなよ、アイツには。

まあ、それから何度もやりあったが、手の内を全部知られて、やればやるだけ負けるようになった。だが、仲間になるのだけはお断りだった。俺はもう誰とも組みたくないし、信じたくねえ。そういってウィッジのことを突っぱねていた。だけどアイツは絶対に諦めちゃくれなかった。げんなりしたよ。

罠と結界を仕掛けて森の暗闇に閉じ込めても、魔物の群れをおびき寄せても、アイツは全部なぎ倒してやってくる。そのうち、一緒に大物を倒したり、朝まで飲み明かすまでの仲になった。その後もやりあって、お互いの技術も生い立ちもさらけ出して、剝き出しで殴り合った。

ある日のこと、いつものようにアイツが勝って、俺を草むらの上に組み敷いて言ったんだ。

……いや、なんて言ったかなんてどうでもいいな。

とにかく俺は、アイツと組むことに決めた。意地を張り合うのも疲れちまってな。

それからもう三十年だ。何人か仲間も増えたり減ったりしながら、とうとう魔王城の足元まで来た。あと少しでウィッジの夢も叶う。

じっさいのとこ、魔王を倒せるなんて思っちゃいねえ。そんなに甘い相手じゃない。

俺らぐらいの年になると、恨みすらボロボロに風化しちまう。魔王も、別に殺せないなら、しょうがない。ただ命を削って生きてきたってことを、刻みつけてから死にたいだけだ。

俺たちは魔王城に到達した最初の人間になる。魔王をぶん殴った初めての男に。

ウィッジの馬鹿を、そこに立たせることができれば俺はもう十分なんだよ。

わかったか、シスターの姉ちゃん。

俺たちが何度も死にかけながらも築いた生きてきた証を、ただでいただこうなんて虫のいい話がまかり通ると思うな。

おまえにも地獄を味わわせてやるよ。耐え抜いてまだ同じことが言えるなら、そのときには話を聞いてやる。

＊

ずいぶんと長い話になっちまって、語り終えたときには茶も冷め切っていた。

それ以上に、シスターが冷めた顔をしている。もともと白い顔が、色を失ったみたいに。

「もう話は十分だろ。さっさと脱げ」

俺が命令すると、シスターはのろのろ立ち上がり、白い服をはだけていく。

思っていたとおり、男を喜ばせる体だ。これまでもこのエサを男にちらつかせて美味しい思いをしてきたんだろう。

少しは恥じる気持ちもあるのか、顔は徐々に赤みを増す。あるいは、このあと俺がするつもりのことを想像しているのか。

どちらにしろ、くだらねえなと思う。こんなものを武器にして生きていく人生なんて。

「少し、私のことを話してもいいでしょうか」

シスターは、急に厚かましいことを言い出した。おそらく肌を見せたからだ。男は、裸になれば親切になるとでも思ってるんだろう。

「興味ねえな。裸になったら黙ってろ」

生意気な口を閉ざしてやったつもりだった。だがシスターはなぜか笑った。

自嘲のような、あるいは俺を嘲笑っているのか、唇を震わせる。

「……そうやって、低いところへ流れていくんですよね？」

「あ？」

「わかります。私たちも、いつもそこにいますので」

シスターは長い髪に半分顔を埋《うず》め、「あなたのお話の感想ならいいですか？」とつぶやく。俺が答えるより先に。

「とても恐ろしい話でした。本当に。本当に、あなたには見えてないんでしょうか。それとも、見ないふりをしているんでしょうか？」

宗教問答でも始めるつもりか、要領のつかめない問いをぶつけて、シスターは口端を噛む。

「あなたのお話には、女性が一人も出てきません」

何を言っているのかわからない。俺はポカンとするだけだ。

「イーゴさんにもお母様はいらしたんですよね。なのに、あなたが試練を越えることを喜んでくれた母親がいたんですよね。なのに、あなたのお話には一度も出てきませんでした」

「……いたかもしれないが、知らねえ。家族は作らない村だ。男と女は、ある程度の年になれば分かれて暮らす。男は戦士だって言ったろ」

「では女性の役割は、なんなんですか？」

「ガキとメシを作るのが仕事だ。それはこっちと変わらない」

都市だろうと村だろうと女の役割は同じだ。家で所有するか、みんなの共有物にするかの違いでしかない。そうだろ。

「イーゴさんの村が軍に接収されたあと、女性たちはどうなりました？」

「軍の所有物になった。女は殺されないですむから得だな。使い道がある」

「あなたのお母さんもその中にいたんですよね」

「そうだろうな」

シスターは、鼻から息を吸って、吐いた。やけに強い目をしやがる。

「あなたが勇者に復讐しに行ったとき」

教会を隠れ家にしたと話してましたね、とシスターは俺を睨む。

そうだ、と答えた。それがどうかしたかと。

「そこにもシスターはいたはずです。貧民街の教会であれば、おそらくはその地区でも熟練の人たちが」

「あぁ、いたな。ババアが二人。俺は興味なかったが、壁男たちは喜んでいたよ」

一応は女だったからな。

殺しはしなかった。そう教えてやったら、シスターは右の目からぽろりと涙を落とした。

「……邸を燃やしたときにいた女性たちのことも、あなたは覚えていないんですよね？」

そうしてまた、「低いところへ流れていくんです」とつぶやいた。

分《ぶ》が悪くなったと、俺も思った。

「あなたはご自身が差別されていることに怒りを抱いてきたそうですが、そんなあなたにも一顧《いっこ》だにされずに生きてきた者たちもいます。生まれた場所も肌の色も関係ないんです。女に生まれたという、それだけで」

「役割がある。体に違いがある。そういうことだろ」

「はい。私もずっとそう思っていました。諦めていたんです。いえ、諦めていることにも気づかずにいました。でもそれじゃダメだって、教えてくれた人がいたんです。役割が違っても、体が違ってもいい。それを理由に、差別されることを我慢するのは間違っているって」

「おい、さっきから何の話だ。てめえの話なんてどうでもいいって言ったろ」

「そうやって黙らせられることにも、もう我慢できないんですよ！」

シスターは、でかい胸を突き出して叫ぶ。

「裸にならないと、何一つ手に入れられない。話すら聞いてもらえない。あなたは異性に『脱げ』と命令されて全裸になったことがありますか？　人前で卑猥な言葉を投げつけられたことは？　四六時中いやらしい目で見られ品定めされているのに、それが私たちの悪徳であるかのように蔑《さげす》まれる。こんなのを仕方ないなんて思いたくないです。世の中にはちゃんといい人も素敵な男性もいるんですよ。なのに、ひどいことばかりを毎日言われて、傷ついてばっかり！」

「じゃあ、どうしろってんだよ。おまえは男が悪いと責めるが、そんなのを俺に言われたって――」

「私たちに魔王を倒させてください！」

いきなり頓狂《とんきょう》な宣言をされて、俺は間抜けに口を開いて、何も言えなくなった。

この変なシスターも、さすがに恥ずかしくなったのか声を小さくした。

「……魔王を倒したいです。私とハルさんで。女の手で。女だってできるんだと世界中の女性たちに教えたい。男性たちを見返してやりたい。自分でも、浅はかで幼稚な夢だってわかってます。でも、そのくらいのことをしないと、世の中はひっくり返らない」

世の中をひっくり返す。

それはまさに勇者の仕事だった。俺がガキの頃に夢見た光景だ。だけどそれを女がやるって？

馬鹿馬鹿しい。よくもそんな、とんでもねえ絵空事を。

「強くなりたいんです。魔王を倒して世の中を変えられるくらい。それが無理でも、次の世代の女性に同じ思いをさせないためにも、今は少しでも力が欲しい。声をあげて呼びかけられる人間になりたいんです。自信のない自分を変えたい」

シスターは、大きな声を出して呼吸を乱したのか、肩を上下させる。そして、ぺこりと頭を下げる。

「失礼なことを言ってすみませんでした。もう何も言いません。あなたに従います。どんなことでもしますので、どうか、私を弟子にしてください。お願いします」

俺はため息をつき、手のひらで顔を拭う。

ふざけんな。どうしてくれるんだ、この空気。こんなにしといて「さあ好きにしろ」なんて、コイツ最悪に空気の読めない女だな。

天井を仰いで、もう一度息を吐いたら逆に笑えてきた。なんだよ、これは。まさかと思うが、この俺が女の啖呵《たんか》なんかに感心しちまった。

世の中をひっくり返す。

森の中、一人で牙を研いでいた自分の姿が重なってしまう。

そしてこの女も、俺にとってのウィッジと同じ存在に出会っちまってるんだ。あのハルっていう女。あぁ、確かにアイツの娘かと思うほどだったぜ、ったく。

くだらねえな、ほんと。

みんなして、同じこと言ってやがる。

「おう、それじゃ始めるか」

立ち上がって服を脱ぐ。シスターは、「うぐ」と小さな声でうめいて顔を伏せた。全部脱いで下着を蹴り飛ばし、緊張しているシスターの肩を摑んで顔を上げさせる。

でっかい瞳の周りを真っ赤にしていた。今にも泣きだしそうな面してた。

俺の体は入れ墨だらけだ。魔物になるための模様。人間を捨てた男の印。シスターなんて仕事やってるやつにはよっぽど不気味に見えるだろうが。

「ちゃんと見ろ。すみずみまで見るんだ」

シスターは歯を食いしばって目を開き、言われたとおりに全身を上から見下ろしていく。股間のあたりを急いで通り過ぎ、そのまま自分の足元で視線を閉ざす。恥じらいで胸まで赤くなっていた。

俺は満足して彼女から離れた。

「よし、見たな。これでおあいこだ。おまえを裸にさせた分はもういいな？」

「え？」

「足りない分は、てめえの欲しいもんで返してやるよ。とりあえず結界を覚えたいんだったか。あぁ、いいぜ。教えてやる」

シスターは、いや、キヨリとか言ったか。

キヨリは、零れ落ちるんじゃないかってくらいに目ん玉をでかくした。

「どうした？　それが目的だったんだろ？」

「え、えぇ、そうですけど、いいんですか？」

「言ってるだろ。教えてやるよ」

「その条件は……」

あぁ、それか。キヨリのでかい胸を一瞥してから俺は言う。

「心配すんな。おまえの言うとおり、俺は女のことなんて生まれてこのかた気にしたことはねえ。最初っからおまえにも手を出すつもりはなかった。趣味じゃねえんだ」

「え？」

まあ、驚くのも無理はない。ウィッジにも言ったことのない俺の秘密だ。

男社会で育って、憧れたのはあの壁男が初めてで、そして運命の相棒と出会うまで、俺の心に女が居着いたことは一度もない。これからも、俺の魂はあの男だけのものだ。

つまり、おまえの裸にはいっさい興味ねえ。

「俺は男にしか惚れない。女を抱きたいとも思わない。むしろ女の裸は、なんかぶよぶよしてて気持ち悪いな。だから、本当はおまえも裸にしてから外に放り出してやろうと思ってたんだ。よくそんなの人前にさらけ出せるなっつってよ」

「…………」

ほう。

キョリの顔、どんどん間抜けになっていくな。

このくらい力を抜いたほうがコイツは男にモテるのかもしれねえ。あと化粧も少し俺がいじってやれば。美的感覚が足りねえ娘みたいだし。

さっさと教会を破門になってくれりゃあ、服も俺が見立ててやったっていいのによ。

「ま、待ってくださいっ。だったらどうして、あなたまで脱ぐんですか⁉」

「詫び全裸だ。おまえだけ脱がせるってのは確かに公平じゃない。そのくらいのスジは通してやるよ。てめえの心意気に敬意を表してな」

「そんなスジがあるなら、まずは服を着させてくださいっ。そのぶらんぶらんしたのも隠してくださいよ！」

キョリは両手で体を隠してその場にしゃがみ込む。本当に無駄に胸がでかいな。俺は興味ないって言ってんのによ。

でもまあ、他の男から見ればそれなりに魅力的な女なんだろうよ。ウィッジも喜ぶだろうと思うと妬《や》けるがな。

「さて、それじゃ最初に媒介の扱いについて説明しとくか。よく聞けキヨリ。魔術は魔法に比べて媒介の影響が強い。これは重要な基本だと思って――」

「だから服を着てからにしてください、師匠！」

＊

そんなこったろうと思ったが、やっぱり賭けにしてやがった。俺がキヨリを弟子にするかどうかを。

ウィッジが儲けた分から一杯おごらせ、さんざん愚痴を聞かせてやる。

「意外とうまくやってるみたいだな。偏屈ィーゴじいさんにしては珍しい」

「抜かせ。あの馬鹿真面目が毎日勝手に修行に押しかけてくるってだけだ。よくもあんな面倒な女を押しつけやがったな」

「最近酒を減らしてるのも、あの娘に説教されたからだろ。シスターは他人の健康にまで口出しするのが仕事だからな」

「そんなわけあるか。この俺が弟子なんぞの文句に従うわけがねえだろ。ただ、いちいちうるせえからちょっと減らしたってだけだ」

ウィッジは何が面白いのか、顔をくしゃくしゃにして笑う。

シワだらけのジジイになっても何にも変わらねえ。腹の底からコイツは笑うんだ。

「まさか、あのイーゴがな。長生きするといろんなことがあるぜ」

俺は親指を地に向けて返事に代える。全部てめえのせいだろ。あんな小娘まで巻き込みやがって。

「さて、駒が揃ってきたな。前はハルがびびったせいで行けなかったが、次こそ俺たちは魔王城まで踏み込むぞ。気合い入れてけよ、イーゴ」

楽しそうにしやがって。

てめえはいいよな、ブレがなくて。俺を捕まえたあの日から何も変わってない。そのキラキラした目で夢のほうばっかり向いて、巻き込まれる周りのことなんて見もしねえ。

いつ死んでもかまわねえと思っていた俺が、結局こんなジジイになるまで付き合っちまった。それでも、おまえと旅ができるだけで満足だった。

「しかしいいのかよ、ウィッジじいさん」

「あん？」

「ここまで俺たちが何十年もかけて切り拓いた道を、あのお嬢さんたちはただ乗りだ。しかもあいつら、魔王なんてただの通過点としか思ってねえ。社会的弱者の地位向上だか、なんだか小難しいことに利用したいだけだぞ」

「へえ、頼もしいねえ。若いのはそのくらいじゃねえと」

年寄りの描く未来は未来じゃないと、ウィッジは歯を見せて言う。だから俺たちはここまででいいんだと。

「魔王を倒すのは、俺じゃなくてハルだ。そこまで届けられれば十分だと思ってる。これまでの年月が無駄じゃなかったと納得できれば、この命が終わっても満足だ」

あぁ、そうかい。

あのハルとかいうガキにそこまで本気なんだな、おまえ。

「楽しみだな、イーゴ」

ウィッジの目が遠くを見て細くなる。まともなヤツなら近づきもしないあの森が、俺たちにとっては懐かしい故郷だ。死ぬなら絶対にあそこがいい。本気でそう思える馬鹿じゃないとコイツとは組んでられない。俺も今まで、そう思ってきたけどよ。

「いや、俺たちも生きて帰るぞ」

ウィッジにしては珍しく驚いた顔をした。まあ、そうだよな。俺も意外だ。魔王をぶっ殺したあとにも、用事ができちまうなんて。

「魔王を倒すのはおまえの女かもしれねえが、世間をひっくり返すのは俺の女だ。そいつは見届けてやらないといけねえ。一応、師匠だしよ」

ウィッジは片方の眉を持ち上げ口笛を吹いた。いつものように親指を下に向けとく。

とは言ったものの、まあ、あの馬鹿真面目で要領の悪い弟子のことだから、どうせ俺の寿命には間に合わねえ。こっちの勝手な期待にしておくさ。

「イーゴ」

酒を傾け、波を立たせて遊びながらウィッジは言う。

「俺がおまえを口説いたときの文句を覚えてるか？」

……忘れるわけがない。

魂を引き受けるとこいつは言った。世界を恨み尽くして、魔王を名乗っていた俺の呪いを、おまえの剣でぶった斬ってみせると。

そんな思い込みは、とっくになくなったよ。おかげさんでな。

「覚えてるわけねえだろ」

「そりゃそうか。なにしろ二十年も前の話だ」

「三十年な」

「魔王がいなくなったら、俺たちも暇だろ」

「そうだろうよ」

「けどな、魔王がいなくなったところで、待ってましたとばかりに次の魔王になりたがるヤツらもゴロゴロ出てくるんだ。どうせ俺たちにおとなしく隠居なんてできねえ。小難しいことは若いもんに任せて、そいつらをぶん殴ってやるのを俺たちの商売にするってのはどうだ？」

「へっ」

好きに生きろよ、ウィッジ。

おまえは死ぬまで俺の勇者だ。

「えぇ、そうですね。魔王にも破られない聖結界を完成させるためなら、教会の戒律ぐらいは破りますよね。当たり前じゃないですか。あんなガチガチ頭な人たちの言うことなんて」

◯

キヨリは、親指を下に向けて、ズドンってやった。

ついこないだまで真面目でおとなしいエリートシスターだったはずの彼女は、誰の影響なのかすっかりワイルドに育ってしまい、ウィッジさんの仲間でトラップ専門家のおっさんと組んで、教会にバレたら絶対怒られそうな怪しいものに手を出してしまった。

さすがにちょっと心配だったんだけど、彼女も変なところで頑固な女だから、とうとう信仰の力と魔物とかが使う野生魔術のコラボ？　というのか、あたしにはよくわかんないけど、いろいろすごい結界とかいうのを完成させてしまったらしい。

こう見えて、あたしもけっこう他人に語れるぐらいには人生いろいろあったほうだと思ってたんだけど、そのうちキョリには負けると思う。

とにかく、おかげで断りづらくなってしまった。あたしを魔王討伐隊にスカウトしたいウィッジクラフトさんはまた森へ行くと言っている。今度はキョリを連れて。

どうしてこっちの人たちって魔王に必死なの。この世界で悪者は魔王ただ一人。彼さえいなくなれば平和になるとみんな思っている。

でも、あたしにはそうは思えない。そりゃめでたい気分になってあちこちでパーティでウェーイなんだろうけど、どうせそんなのすぐに冷めるし、そもそも世界ってそんなに単純なものじゃない。

魔王がいなくなっても、魔王になりたい男はどこにでもいる。魔物と戦う最前線のこの街にもだ。それがうじゃうじゃ湧いてくるだけじゃん。

なんてことを、ご飯をおごってもらいながらウィッジさんにこぼしたら叱られた。

「いかにも中途半端に世間ずれしてひねくれちまったヤツの言いそうなことだな。だから娼婦なんてやめちまえって言ってんだ」

あからさまに面倒くさそうな顔をして、あたしの愚痴を払いのける。

「世の中にクズはいる。だからって、おまえは今のガキどもにも期待はできないって言いたいのか。そんなことないだろ？」

そんなことはない。あたしは青空に向かって一緒に缶蹴りした仲間の少年たちを思い出す。

ごめん、仲良し元気隊。あんたらは、今でもあたしの希望だ。

「つまんないこと気にしてないで、若者らしいものに目を向けろよ。おまえには、もっと広い世界を見せてやりてえな」

初めて会ったときから変わらない口説き文句。あたしの目に世界がどんな風に映るのか知りたいって。そして、こっちの世界のことも知ってほしいって彼は言う。いいところもたくさんあるから。

この人のことは信用していいと思う。少なくともあたしを大人にしようとはしてくれている。親戚の頼りになるおじさんって感じ。めちゃくちゃ口説いてはくるけど。

でも、わかってほしい。あたしはこっちで大人になるのが怖い。想像もできないから怖い。

それに——今、好きな人がいる。この世界では、絶対に誰にも言えない人だ。

自分の未来が見えないのに、進めとか決めろとかって言われても困る。まるで、悩みを共有できる同級生も担任もいない高校三年生の夏だ。

「だいたい、おまえがこっちに呼ばれたのはその役目があるからだろ。自覚あるのか?」

あるっちゃあるけど、じつはそれ本命はもう一人いた。というか同級生いたわ。

でも、そいつは異世界で下着泥棒した男だ。勇者になっても何かしらで炎上するタイプ。

仕方なくあたしは頷く。

「何をウジウジしてるんだか知らないが、おまえはもうこの世界の誰よりも強いんだ。やる気がない、なんて言い訳にもならないからな」

力で結論を出しちゃう人たちは、普通に生きたいだけの人生なんて認めてくれない。平和主義、大事だと思うのにね。

でもこの人たちの言いたいこともわかる。あたしにはたぶん責任がある。こんなチートは、一人で持ってちゃいけないものだ。パブリック何とかだ。ちゃんとみんなのために使わないといけないやつ。穴掘ってる場合じゃないぞって、そんな圧をひしひし感じる。

『物語を終わらせる者は、いつか現れる』

最後に会った夜、銀髪のおじさんはそう言っていた。

あたしがこの世界の大きな物語を終わらせる。他の人にそれを任せちゃいけない。怖くても、行くしかない。

「シスターまで巻き込んだのはおまえだろ。覚悟決めろよ」

ウィッジさんも言う。覚悟なんて簡単に決まるわけない。だけど、あたしは頷いた。

森の一番奥までのルートは前に見つけていた。ウィッジさんたちと来て、魔王城の見える場所で、あたしが足を止めてしまった。

あのときにはいなかったキョリが今はいる。彼女のおかげで、ここまでの戦いもかなり助かった。あたしたちは、魔王の城にたどり着いた最初の冒険者になった。

でも、そんなに簡単に来れたわけじゃない。ウィッジさんや他の仲間もボロボロだ。今もキョリが、めっちゃ青い顔をして、たった一人で結界を張っている。外の敵からあたしたちを守るために。

だからもう逃げるわけにはいかない。あたしは一人、暗い廊下を歩いている。いや、廊下じゃなくて洞窟かな。壁も床も柔らかくてぬるぬるしている。ひょっとしたらここは、大きな生き物の体の中かもしれない。

——魔王城。

夜にしか現れないというこのダンジョンは、真っ赤な血で濡れていた。

外でも降り続けている雨は近づくと赤い色をしていて、中に入るともっと色は濃くなり錆の匂いをさせている。重くて冷たい滴《しずく》はあたしの体まで赤く染め続けていて、本当これだけは言いたくなかったんだけど、紅のエンドレスレインって感じだった。

血は洞窟のあちこちにある傷から流れ、固まって魔物が生まれていく。

ここは魔王の「城」じゃなく「傷跡」だ。すっごく悲しかったことを吐き出すための場所。しかもこの傷を作ったのは、魔物なんかじゃないんだ。

しんどいな。すごくつらい。次々に現れる魔物を斬り倒しながら、自分の心も削れていくのを感じてる。めっちゃルぺちゃんに会いたい。甘いの食べたい。

でも、行かないとあの人には会えないから行く。傷つけちゃうのわかってても、あたしが急がないとみんなも危険で、それに、もう終わらせたいって思ってるのは誰よりもあの人のはずだから。

獣の息づかいが聞こえる。大きな足を踏みつける重い音と、濡れた床を擦る音。短く繰り返される呼吸が苦しげで、なのに唸り声はびりびりするくらい低く響き渡る。ずっと会いたいと思っていた人がそこにいるのに、泣きそうだった。

懐かしい鋭い視線が、暗闇の向こうから刺さってくるから。

もうあなたもわかっているくせに。あたしのほうが強いって。

でも、ここで顔を下げちゃいけないって思った。見えない闇の向こうにいるあの人に、ちゃんと会わなきゃ。

「お久しぶりです。ハルです」

空気を震わせて闇が叫ぶ。おしゃべりも許さない感じで、血の雨を吐いてあたしをびしょびしょにする。

でもこの異世界ってとこはマジでドSだから、このくらいの扱いには結構慣れたよ。あたしは暗闇の向こうに微笑む。『夜想の青猫亭』で、いつもあたしのことガン無視してくれた銀髪の横顔を思い出すと、でっかい声で返事してくれるだけ全然マシじゃんとすら思えた。

「ずいぶん遠いところに住んでたんですね。ここまで来るのかなり大変でした」

もちろん、今日もおじさんはあたしのおしゃべりになんて興味ない。また怒鳴られて、あたしはびっしょりだ。ほんときびしい。マジ魔王。

そういやおじさんは、人間を見るためにうちの店に来てたんだっけ。あたしはその中でどんな風に見えてたんだろう。うぜー女だと思ってたのかな。いいケツしてんなとか、少しは思ってたかな。

あたしはおじさんが来てくれただけでラッキーな一日だったよ。雨が降っただけで「きたーっ」って騒いで、客足が鈍るのに何が嬉しいのってマダムに睨まれたよ。

楽しかったな。異世界で、恋ができて。

「――おじさん」

深呼吸して剣を捨てる。闇が揺れてひりひりと刺さる。でも、やっぱりあなたの前でこんなものは握りたくない。それがあたしの結論だ。

「あたしもあれから考えたんだけど、物語の終わらせ方って、他にもいろいろあると思うんですよね」

来るなら本気でっておじさんは言ってたけど、あたしの本気は、残念だけどあなたが期待してるのとは方向性とか違うんで。

びっくりしないで聞いてほしい。あと、引かないでほしい。これがあたしの本気です。

「むしろ、ここから始めるってのも、全然ありだと思いませ～ん？」

濡れた服の肩を下げて、お肌を見せる。

好きな男の前で物騒なモノを握るよりも、あたしはさっさと裸になりたい。それが正直な気持ちで、あなたの正体を見てもそれは変わらない。

たぶんおじさんは許してくれない。こっちの気持ちなんて全然知ったことじゃないし、きっと「スケベかよ」って思ってる。

でも、これがあたしの本業なので。命かけてやってきたんで。

おじさんの喉がグルグルと鳴っている。だけどあたしもここから一歩も引かない。マジでこの恋、どうにかしてみせる。

ごめん、キヨリ。面倒かける。魔王、倒せなくて本当にごめん。そっち一人で大変だと思うけど、死んだりしないでね。

帰ったら、ルぺちゃんと三人で甘い物食べようね――

＊

――私が生まれたのは、ここからずぅっと離れたところにある田舎だ。

家はヒツジを飼っている農家で、学校にも行ってなくて、当然、都会なんて見たこともない。

だからいきなり『娼婦になれ』って言われても、全然ぴんとこなかった。
でも、一番上の姉はもう結婚してるし、二番目の姉も隣村に嫁ぐことが決まっていて、弟はまだチビだ。去年の悪天候で抱えた借金を返すためには、私がどこかに身売りするしかないんだろうなっていうのは、なんとなくわかってた。そうしてどこかへいなくなった友だちは他にもいたから。

とりあえず、ヒツジの世話はもうしなくていいみたいだし、軍手は解いて靴下にでもしよう。やんちゃな弟はすぐボロボロにしちゃうから、いくつ作っても足りない。

今からなら村を離れる前に完成できるかな。がんばればきっと間に合う。そう思って黙々と部屋で編み物をしていたら、外で誰かが私を呼んだ。

「ルペ。釣りに行かないか？」

お兄ちゃんだ。編み物の途中で迷ったけど、私は「うん」って答えて、自分の竿を持って家を出る。

私の頭や背中を撫でる大きな手。お兄ちゃんは、うちとは親戚になるちょっといい家の人で、彼のお父さんは我が家が困っているときに何度も助けてくれているらしい。

そのへんの事情はあまり知らないけど、お兄ちゃんは私たち姉妹とよく遊んでくれたから大好きだった。お姉ちゃんたちにはナイショだけど、私のことが一番可愛いとも言ってくれた。

川に糸を垂らして魚を待つ。天気もよくて風も静かだ。

あたりには誰もいないから、こっそりそばに寄って「ナイショだよ」って娼婦になることを教えてあげた。でもお兄ちゃんはとっくに知ってたみたいで、「どういうことをするかルペは知ってるか？」って言った。

「よくわかんない。男の人と寝るんだって」

変なお仕事だよねと笑ったら、お兄ちゃんはあたりを見渡して、「教えてやろうか？」って言う。

私は「うん」って答えた。

そうしたら、あっちへ行こうって腕を引かれた。

走って家に帰って、お兄ちゃんにされたことをママに言った。

ママは泣いてる私をじっと見て「そのことは誰にも話しちゃダメだよ」と唇に指を立てた。お兄ちゃんのお父さんが、私に娼婦の仕事を紹介してくれたんだからって。

「あなたがこれからする仕事のことを教えてくれただけ。これからは毎日同じことをするんだよ」

そんなの絶対に嫌だと言った。痛くて恥ずかしくて、あんなこと二度としたくない。

「女なら誰でもすることなの。我慢しなさい」

どうしてそんな我慢しないといけないのかわかんない。そんな仕事に行きたくないって泣き続けた。

ママは「いいから泣くんじゃない」と叱って、がさがさした手のひらで私の頰を撫でる。

「あなたには何もないんだから笑ってなさい。笑ってないと食べていけないよ。愛想だけはよくするの。あなたが生きていくための武器はそれしかないの」

何もないのに笑うなんておかしいって思った。それに、私には笑えっていうくせにママも泣いていた。

けど、生きていくのが一番大事だってことぐらいは知っている。だから笑った。ママは「それでいい」って言って、私を抱きしめた。

そうして私は、『夜想の青猫亭』の娼婦になった。

ママのことは、それきり嫌いになって手紙も書いたことがない。

つまんないから、誰にも言ったことのない私の話。

「ハルでーす。よろしくでーす」

彼女がやってきたときには、私も職場に慣れてしまっていて、それなりにいろんな子が出入りするのを見てきた。だから第一印象で思った。長続きしないなって。

一言で言っちゃうと軽い子。変わった子。男と寝るのは平気だけど、女の世界で暮らしていくには浮いちゃう子。

うちの店の売り上げ一位の子もそんな感じだけど、彼女はこの店で生まれたからああなっただけなので、後から入ってきた子がこの性格だとやっぱり厳しい。

やがてうまくいかなくなって、ひっそりと逃げてしまったり、違う店に移されたりする。奴隷とかにもなったり。

そんな子たちが、今どこでどうやって暮らしているのかわからない。でも、ここの暮らしよりもマシなはずないと思うと、怖いなって思う。

「私はルぺっていうの。わからないことがあったら何でも聞いてね」

だからせめて、知らないせいで困ってしまうことはないように、私はなるべく新人の子には何でも教えてあげるようにしていた。

それにしても。

「ルペさん、どうしよう。あたしのパンツ、カビ生えちゃった……」

このハルって子は、私の予想以上に何も知らなくて、たとえば洗濯仕上げのボルド草のことも、カビだと思って真っ青になったりする変な子だった。

「それが繊維を柔らかくするんだよ。乾いたら叩くだけで落ちるし、ふっくらしてるはずだよ。ほら」

「えっ、本当だ、なにこれ柔軟剤だったのっ。魔法なのっ。うっそ、異世界すごーいっ。マジでなんでも草で解決しちゃうの草生えるんですけどっ」

「ねえ、そんなことも知らないで今までどうやって洗ってたの……？」

ハルちゃんは赤くなってうつむいた。じゃあ私もそれ以上は聞かないことにした。

「ありがと。また一つ賢くなった。へへっ」

この子はいつもニコニコしている。他の嬢に嫌味なことを言われても、笑って切り返しているのを見た。それは娼婦の仕事でも結構重要な技術で、私は少し感心してしまった。

笑顔がウソくさくなかったから。本音を隠せるくらい笑える子なんだ。

きっとこれまでも、そのやり方でいろんなことと戦ってきたんだと思う。私とは笑い方が違うけど、多分それは生活してきた場所が違うからなんだろう。

似てるとは思わないけど、近いのかなって少し思う。ちょっとだけ興味があった。

「私のことは、さん付けじゃなくていいよ。年だってそんなに違わないよね」

こっちから距離を縮めにいったら、さすがに少しは警戒したみたいだ。厚かましかったかな。

でも、こういうときはこっちが強引にしてやらないと壁は崩せない。私は彼女の手を引いた。

「おいで。他に洗うものあったら持ってきなよ。洗濯教えてあげる」

「……服はこれ一枚しか」

「そっか。わかった。私のお古でよかったら一枚あげるよ。可愛いのがあるんだ」

少しもったいないけど、気前よくお気に入りを譲ってみた。去年から売り上げ上位のお手当を貯められるようになったので、安い服ぐらいならいつでも買える。平気平気。

「ありがとっ。ルぺちゃんって優しい！」

ハルちゃんが、手をぎゅっと握ってくる。わかりやすいなあ。

でも私は優しくなんかない。いつも笑ってるようにするためには、周りの人も笑顔でいてくれないと難しいから、たまにおごったりしているだけ。

それにお金なんて貯めても、どうせここから出られないんだから、この中で上手く生活できるように、そのために使えばいいんだし。

全部、自分が生きていくためにだよ。親切なんかじゃないよ。

店に来るお客さんの中には、何人か私のこと「ママ」って呼ぶ人がいる。叩かれても笑って我慢したり、喜んでもらうためにいろんなことを許して話を聞いてあげる私のことを、なぜか自分の母親みたいに勘違いしちゃうらしい。だから、逆に今度はこっちが叱っても素直にペコペコ謝るんだ。

そうなっちゃうと男の人も可愛いもので、どんなに威張っていた人もただの甘えん坊になってしまう。仕事がやりやすくなるから私も「ママ」と呼ばせることにしている。それどころか、そういう素質のある人ってなぜかわかっちゃうもので、自分から誘導してるとこも多少ある。

もちろん優しくされても男は男だから油断はしない。物なんかもらったくらいで満足してると思われないように、態度で忠誠を見せてもらうようにしている。そのへんの管理やしつけの仕方はヒツジの世話で覚えているので、私も彼らの牧羊犬になったつもりで時には牙も見せていた。うーって。

仕事は上手くやれてると思う。売り上げは去年からずっと二位だ。私をお手本にしなさいってマダムは他の嬢に言っているみたい。なのでいつも緊張して仕事している。笑ってはいても、娼婦は何のために笑っているのか忘れちゃいけないって思ってるんだ。

「そしたらそのお客さん、『ミュゼリュッソボーだよぉ』って、こうやってのけぞっちゃって！」

なのに最近は、涙が出るくらい本気で笑っちゃうことが増えた。

ハルちゃんはお話が上手い。気がつけば他の嬢たちとも馴染んでいた。それどころか、彼女が「そういえば」って言い出したらみんなが注目する。どんな話をするのか期待しちゃうし、周りの人も巻き込んで笑わせる。

彼女が店の前に置いた長いすは、すっかり私のお気に入りの場所になってしまった。まだ明るいうちからほんの休憩のつもりで始めたおしゃべりも、あっという間に開店ぎりぎりの時間まで食い込む。今日嫌だったことも明日ハルちゃんたちに愚痴ってやろうと思えば、どこかで笑えるとこはなかったかなって少し前向きに考えられる。

……シクラソさんがいなくなって、結構、かなり、寂しくはなったけど。

でも、キヨリちゃんっていう新しい友だちもできた。私たちは娼館を飛び出し、スモーブさんの食堂でお茶を楽しむ会を作って、知り合いも増えていった。

ひょっとしたら、私もハルちゃんみたいに自由っぽく生きていいのかなって、少しだけ思えるようになったんだ。

そんなある日。

「あたし、またしばらくお店休もうと思うんだ」

いつものお茶の席でハルちゃんが言う。

ウィッジさんという有名な冒険者の人と最近ハルちゃんは仲良しで、その人たちとどうやら森の向こうへ行ってしまっているらしい。

どうしてシスターでもないのにそんなところへ行くの。そこで何をしているの。私たち娼婦が外で仕事をするなんて、絶対にダメだってマダムもきつく言っているのにって、もちろん私は注意した。

「ごめんね、ルペちゃん。ちゃんと戻ってくるから許してっ」

なのに、理由も教えてくれないところが、ちょっと嫌だなって思った。

思ったけど、私ってこういうとき自分の不満を口にできないんだ。

わがままを言える相手ってママしかいなかったし、他人にそんなのをぶつけて迷惑がられるの嫌だし。

決まり事を並べてお説教してダメなんだったら、何を言ってもダメなのかなって、一人で納得しちゃう。

「大丈夫です。今回は私も同行しますので。死んでもハルさんを守ってみせますのでっ」

キヨリちゃんはかなり気合いも入っていて、ちょっと興奮していた。

死んでも。なんてそういうこと簡単に言っちゃうと、本当に死んじゃうこともあるから言わないほうがいいのに。世の中には『死亡ふらぐ』とかいうのがあるんだって、前にチバくんが教えてくれた。

キヨリちゃんは死ぬんだよ。ハルちゃんに裏切られて。

なんて、そんなわけがないけど。

でも、そうなんだ。キヨリちゃんは一緒なんだ。

ふぅん、て思った。

ますますモヤモヤした気持ちが膨らんで、お腹の底にぐちゃって落ちていく感じだったけど、私にできることはやっぱりいつものように笑っていることだけで、「わかった。気をつけてね」と気持ちとは裏腹に微笑む。

あと「お土産に童貞モンスター（森に現れると噂の男性器型で挙動不審な魔物）を捕まえてくるね」ってハルちゃんは言うので、それは本気でいらないって真顔で断る。

「もちろんママに言われたとおりに地味でクソつまんない修行は続けてるんだけど、最近は森に出現するモンスターもレベル上げてきてるっていうか、新種っぽいのも見たことあるんだ。思うんだけど、ひょっとしたら魔王のやつ、とうとうこの俺の存在に気づいたのかもしれない」

そもそも娼婦のお仕事に限らず、一般常識というのをハルちゃんに教えたのは私だって勝手に思ってる部分もあって。それにあの子って、あけすけすぎるくらいに自分のことしゃべるから、秘密とかない関係かなって思ってて。

それが私だけの思い込みだったんだってところで落ち込んでるんだと、あれから一人で考えてわかった。ちょっと自分勝手だなぁと反省した。

「最近は森でも縛りプレイしてるんだ。あ、縛りってのはアレね。変な意味じゃなくて、体の一部を自分で拘束してるってこと。いや余計に変な意味に聞こえちゃうけど、要するに自分に厳しい制約をかけてその中で戦っているっていうか。でもマジで危険な行為だし、森の入り口付近でしかしてないし安心して」

私だってハルちゃんに言ってないことあるもんね。娼婦になる前のこととか。そういうのって誰にでもある。こんな仕事してる女の子なら特に。

言えることと言わないほうがいいことを、きちんと区別しないとダメなんだ。

「ようするにこの右手の包帯を外したら、封じ込めた『鬼姫』が解放されちゃうっていう俺の新しい設定なんだよね。かっこよくない？　しかも左手しか使えない縛りで闘技場にも挑んでいる俺はかなり成長してると思うんだよね。やっぱ天才かなって。自慢になるから他のヤツには言わないけど」

あんまり自分のことをペラペラしゃべる人って信用できないもんね。中身が軽そうっていうか、からっぽな感じがする。

ハルちゃんが、キョリちゃんにはお話しできても私には言わないほうがいいって思ったんなら、きっとそれは彼女も考えて決めたことだし、正しいんだよ。余計な詮索なんてしなくて正解だったんだ。

だからもう、ハルちゃんのことでモヤモヤするのはやめよう。彼女には彼女の人生がある。私もがんばれ。うん。

「ねえ、ママ。聞いてる？」

「あ、うん。それより右手どうしたの。包帯、ほどけそうだよ。ちゃんと巻いておかないと」

「だからそれが封印の……まあ、いいか」

ぼろぼろの黒い包帯を結び直してあげる。チバくんもがんばってるんだね。どこもケガしているようには見えないけど、指まで巻いちゃって、これじゃご飯を食べるのも大変そうだ。

不器用な子だなあ。

「ちゃんと食べてる？　体を動かしてるんだから、たくさん食べないとダメだよ」

私のお皿からお肉をあーんしてあげる。チバくんは、あたりをキョロキョロしながら急いで食べる。

甘えん坊なくせに、恥ずかしがりでかっこつけなとこまで、弟にそっくりだ。

そういえば、ハルちゃんたちがいないから食事に付き合ってもらったりしてるけど、毎日迎えに来てくれなくてもいいんだよって言わないと。

お昼の時間が近づくと、店の前で子犬みたいに待っているチバくんがいる。中に入って呼び出してくれてもいいって言ってるのに、時間外に入るの緊張するって言って。

基本的に人見知りなの。仲良くなったら、止まるヒマがないくらいよくしゃべるのに。お店に来たらまず私やハルちゃんの姿を探してキョロキョロしているの、じつはちょっとかわいいと思ってる。

かわいいは、男の人に言うと怒られることもあるから言わないけど。

「今日も俺のおごりだから。ママこそ好きなの頼みなよ」

私は「毎日は悪いから、誘ってくれるのは時々でいいよ」と断る。そうしたら、チバくんは「平気だから」と食い気味に遮ってくる。

「俺もいつも外でしか食べないんだ。だからついでだし、全然」

ついで、という部分にチバくんの悪気はない。この子はこういう言い方しかできない人だ。でも、毎日おごらせることに決めた。ついでだし。

「ありがとう。でも、他に一緒に食べたい人もいるんじゃないの？」

「えっ、いるわけないよ、そんなの」

チバくん、目をそらした。ちょっとウソついたな、この子。

それにこないだの下着泥棒事件のときに、気がついたことがあった。チバくんはたぶん、納屋であの子と会ってるよね。そしてあの子のことだから、誰にも言うなって彼に口止めしてる。特に私とかハルちゃんには。

どういう関係かも想像がつく。もしかしたら、チバくんに悪い遊びを教えているかもしれない。

だけど、私は気づいていないふりをする。それは長年の付き合いで生まれた暗黙の決まり事みたいなもの。

あの子のすることに、私は何も言えない。

「いや、まー、他に誘われないわけじゃないけど、俺の本命はママだからさ!」

チバくんは昔、ハルちゃんにしつこく家に来るよう誘っていたそうだ。キヨリちゃんと付き合っていたときは、お料理とかお掃除もさせてたって聞いた。あの子にはどうなんだろって想像しても、よくわからないけど。

私には、一度もそういうことを言わない。たぶん、家の中を見せたくないんだろう。だらしなくしているから。

彼は、ハルちゃんといるときは元気がよくて、キヨリちゃんの前では少しいばっていて、私といるときは優しくかっこつけている。チバくんの一番変わっているなって思うところは、男の人にしては珍しく、女相手でも見せる表情を変えているところだ。

私はお客さんとして彼のことを育てたつもりだけど、人ってそんなに簡単に性格まで変わるものじゃないし、理解できない部分はずっと理解できないまま残る。彼の場合は、打ち解けてきてからも、何の話をしているのかわからないときが多い。でも想像力はとても豊かで話自体は意外と面白い。

友だちは少ないみたいだけど、じつは、その気になればものすごく人との付き合い方が上手い子なのかもしれないなと思う。売れっ子娼婦になれるかも。

でも、他人にそこまで興味は持てないみたいだ。こっちから詰めていかないと、基本的に距離は縮まらない。そこはハルちゃんとは真逆な感じ。彼女は自分から詰めたがるほうだから。

この二人は同じとこの出身だって言ってたけど、どんな村だったのかな。どうしたら、こんな極端な子たちが育つんだろ。

「なんか聞いてなかったみたいだからもう一度言うけど、俺の本命はママだからさ！」

「え、あ、ごめん。聞いてたよ、ありがとー」

「へへ」

チバくんは、私の食べる口元をよく見ている。自分はウソをつくわりに、疑り深くて独占欲も強い。

娼婦の先輩たちに習った男の人の見分け方。チバくんは面白いくらいに当てはまってくれるんだけど、それでもやっぱり、「何を考えてるのかな〜」って不思議になることはいっぱいある。

私をママと呼ぶ人は彼の他にもたくさんいる。でも毎日ごはんを一緒に食べようなんて人は、今までにいなかった。

前に事件があってから、店外でお客さんと会うことは禁止されていた。チバくんにそう言ったら、「客じゃなければいいの？」と、ごはんを食べるだけで二階には来なくなった。

チバくんは、そういうとこが他の男の人と違った。

私と寝たいわけじゃないのに、どうしてママなんて呼ぶんだろう。ごはんを食べさせてるのに、どこかに連れ込もうとしないのはなぜなんだろう。

本当に変わった子。何を考えているのかわからない。

「では、ママ。明日はちょっと遅くなるかもしれないんだけど……」

気にしないでいいよと、私は答える。

どうして遅くなるのかは聞かない。きっと面倒なウソをつかれる。

店が始まると、忙しくて休むヒマもない。

最近マダムに呼び止められることが多くなった。いろんな人に紹介されるようにもなった。

この店の、いわゆる太いお客さんたちだ。彼らは私を抱いてから多めのお小遣いをくれた。お客さんの一人には、もう少しいい服を着るように言われた。マダムも同じようなことを言った。

私が可愛い服や子どもっぽい格好を選ぶのは、これが似合ってると思うし、そういう好みのお客さんを多く持っているからだ。でも、これからは大人の女らしい格好もしないといけないらしい。

変わりたいとは思わないけど、いつまでも今のままではいられないし。

マダムは、私を後継者にしようとしていた。

「ルぺちゃん。ギルド長さんが明日から地方を回るの。今回は私もついて行くつもりだから、その間、店のことお願いね」

私はハルちゃんと違って、地方から連れてこられた嬢だ。借金がある。

この商売、続けていればいつか体を壊すのは明らかで、誰か大金持ちに身請けでもされないかぎりは、料理が上手とか音楽ができるとか、他に特技がないときびしい。

私は何もできないので、たとえば経営のお手伝いなんかでお給金をもらえるようにならないと、長生きはできないんだ。

長生き、したいわけじゃないんだけど。

「わかりました。がんばってみます」

自分に向いているとは思えなくても、選べるほど人生には恵まれていない。なんとかやっていくだけだ。


「ルペちゃん、カウンターのお客さんがつぶれちゃって」

「はい、引き継ぎます」

テーブル席を見渡して、お馴染みさんに声をかける。

娼館って女の人しかいないから、困ったお客さんがいたり、力ずくが必要そうなとき、協力してくれる常連さんを何人かお願いしている。

だいたいは冒険者さんで、食事とかお酒とか、ちょっとしたご奉仕でお願いしている。

あとはご近所の店や、どうしようもないときはギルド長さんのとことかに頼る。

お店を守るためには、そういう人たちとのつなぎも手際よくできないといけないんだ。

「ほら、兄ちゃん。寝るならここじゃねぇぞ」

大柄なお客さんに、近所の安宿まで運んでもらう。一人片付いても、次々と小さな問題は起こって、早く解決して回らないとあちこちで行き詰まっちゃう。

思ってたよりもずっと忙しい。マダムはいつも、店の中を優雅に歩いているだけに見えていたのに。

そっか。問題になっちゃう前に見つけることが大事なんだ。声をかけて回らなきゃ。

立ち止まっているヒマもない。

一日が終わる頃には、顔の筋肉が笑顔のまま固まっちゃってて、足もぱんぱんだった。

うつぶせに倒れたまま朝が来ていた。


ドカンと、扉を叩く音で私はビクンと目を覚ます。

「だれ？」

一瞬、ハルちゃんかと思ったけど返事はない。もう一度、うるさく扉を叩かれた。

「あたし」

と、掠《かす》れ気味な低い声。あぁ、あなたか。

怒らせてしまったか。ちょっと筋肉痛の残る足で、なんとか起き上がる。体が硬い。


「おはよう、キズハちゃん。どうかした？」

ゆるく波打つ金色の長い髪。

それを雑に縛って広いおでこを見せて私を睨む青色の大きな瞳。

『青猫亭』って店の名前は、彼女のためにあるのかと思う。

「どうかした、じゃないでしょ」

真っ白でつるつるの肌が、豊かな胸まできれいな曲線を描く。黒の短いドレスから伸びる手足まで、誰かに贔屓《ひいき》でもしてもらったのかなってくらいにほっそりと長くてうらやましい。

女の私から見ても、ちょっとゾクってする美人。でも今は、とても怖い顔をしていた。

「男が足りない。うずうずして眠れなかった」

お腹を空かせた野良猫が嚙みつくような、そんな感じ。

彼女には少し変わったところがあって、それは娼婦の仕事を心から自分に向いていると思っているところだ。

男と寝るのが本当に好きらしい。一晩に三人は抱かせろって彼女は言う。

だけど、自分からお客を取りに降りてくることはない。

「あたしのところに男を連れてくるのがあなたの仕事でしょ」

彼女が『夜想の青猫亭』の売り上げ一位。私が来たときからずっとそう。

だから、店で彼女に逆らえる人はいなかった。

「ごめんね。昨日は忙しくて回せなかった。知ってるでしょ、マダムが昨日からいなくて」

「関係なくない？　あたしが一晩にいくら稼ぐと思ってんのよ。無駄に忙しくするくらいなら、あたしの客を見つけてきたほうが店のためじゃん」

キズハちゃんの部屋代は高い。当然、彼女のお客さんはお金を持ってる人だけになるし、一晩にそんなにたくさんは来ない。こちらからお誘いをかけて、買ってくれる人を探さないといけなくなる。

私一人で、それはちょっと無理だった。いつも手伝ってくれるハルちゃんもいない。

「本当に忙しいの。キズハちゃんが下に降りてきてくれたら、買いたいって人がたくさん手を挙げてくれると思うけど」

「なんであたしがそんな面倒なことしないといけないの。あたしはそういうの免除されてんの。マダムもそれでいいって言ってるでしょ」

「……うん、そうだけど」

「なに、ルペ。怒ったの？」

キズハちゃんが、私の髪を指ですくう。耳のすぐ横をかすめて、後ろの壁に手をついて顔を寄せてくる。

「怒った？　それでどうするの？」

まつげが長くて吸い込まれそう。そんなきれいな顔で睨まれたらなんにも言えなくなる。

それに彼女は、また血の匂いをさせていた。

怒ってないと答えた。今夜はちゃんとお客さんを連れていくって約束もした。

「ん、そう。がんばってね」

他人事みたいに言って、彼女はようやく離れてくれた。と思ったら、急に振り返るからびっくりした。

「頼んだからね、ママ」

にやりと笑って、今度こそキズハちゃんは手を振って出ていく。

緊張する。彼女はすごく圧力を感じさせる子だ。それに「ママ」だなんて、私のことをきっとバカにしている。イヤな言い方だ。

だってあの人、マダムの本当の娘なのに。

お昼を過ぎてもチバくんは迎えに来てくれない。そういえば遅くなるようなことを言ってた。もしかして来れないのかな。毎日じゃなくてもいいって言ったばかりなんだけど、わりと当てにしていたので少し残念だ。

じゃあ、ごはんどうしようかな。一人で行ったことはないけど、スモーブさんのお店に挑戦してみようか。

キヨリちゃんだって、シスターの格好のままお茶したりしてるし。あれは結構素敵だ。女の人が一人でお店に座っている姿って、なんだかそこにお花を挿したみたいに見える。

まあ、私はキヨリちゃんみたいに美人じゃないけど……。

それくらい、してもいいんじゃないかな。私、昨日がんばったし。今日も明日もがんばらないとだし。マダムにも言われてるんだから、少しだけ大人っぽいこともしてみよう。うん。

なんて、なけなしの勇気が通用するほど、世界は甘いケーキじゃない。

お店の前のいつもの『てらす席』に座ろうと思っても、隣にいるおじさんがこっちを見ている気がして怖かった。スモーブさんの前なら平気かなと思っても、そこも男のお客さんがいっぱいで座りづらい。

「なんだぁ、姉ちゃん。座るとこねえのか?」

てらす席にいつも座っているおじさんが、声をかけてくる。

冒険者さんっぽいけど、足をケガしているみたいでいつもお昼からお酒を飲んでいる。硬そうなヒゲをしたおじさん。驚いて固まる私に、ニタリと笑った。

「ここ座るか?」

自分のひざを指して、歯を見せる。周りが笑うのに合わせて、私もお愛想で微笑んでおいた。

お店でもよく言われる。男の人の好きな冗談だ。

「あ、あの、席を探しているのなら、調理台の前が空いてますのでどうぞ」

ケーキのたくさん載ったお皿を顔の横に持ち上げ、スモーブさんが間に入ってくれた。

ほっとした。スモーブさんは体が大きくて頼もしい。

「なんだ、おい。おまえのこれか？　そりゃ悪かったな」

でも、気持ちは小さく控えめな人だ。ヒゲのおじさんに小指を立てられ、真っ赤になって「とんでもないです」と小さな声で言う。ごめんなさい。

「今日はいいです。また来ます」

スモーブさんのせっかくのお誘いはお断りすることにした。お腹もいっぱいになったみたいに重くなってたし。

「すみません」

謝る彼に、「こちらこそ」と謝罪の応酬をする。商売繁盛でなによりです。お互いにがんばりましょう。

「あの、よかったらどうぞ」

お皿のケーキを一つ包んでくれた。お代を払おうと思ったら、「余ってしまうだけですので」とスモーブさんは恐縮しながら言う。

ハルちゃんが留守にして、私たちが店に来なくてもこの人は同じだけケーキを作る。売れないから、お客さんに声をかけて営業している。

「いるかよ、そんな女の食い物なんて」

ヒゲのおじさんにも勧めて痛烈に断られていた。スモーブさんはすごくがんばっていた。お互いに、なんて私ったら偉そうなこと思っちゃったな。

こんなに美味しいケーキが少しかわいそう。一人で食べても、寂しい味がする。

――目が回りそうだ。

あっちのお客さんが料理が遅いと怒っている。向こうのお客さんはお目当ての子を取られて腹いせのケンカを始める。嬢の一人は体調が悪いと訴え、別の嬢はお客さんに顔を叩かれ腫《は》らしてしまった。

笑顔。笑顔。どんな気持ちになってもお客さんの前で変な顔をしてはいけない。嬢たちを不安にさせちゃいけない。

時には「啖呵を切るのも大事だ」ってマダムは言っていた。でもそんなの、私にできるわけないし。ハルちゃんじゃないし。

全部に顔を出して謝る。利口なやり方じゃないのはわかっていても、他の方法を知らない。マダムの仕事の任せっぷりを思い出してみても、私は誰に頼っていいのか心当たりがない。

くたくただ。なのに売り上げは最悪。それでも笑顔。最後まで。

今日も、うつぶせに倒れたまま眠る。

お尻を叩かれて目が覚めた。驚いて起き上がったら、ひっくり返された。

お酒の匂い。キズハちゃんが私の上にいる。

「昨日、あたしがなんて言ったか覚えてる？」

爛々《らんらん》と輝く大きな瞳が、すごく近くて、ますます強くて、そこしか見えない。飲み込まれる。

「……ごめん」

「わかってんなら、謝るな。男を連れてこい。連れてこないなら」

あんたを食べるぞって、キズハちゃんはニタリとする。

本当に食べられるかと思った。彼女の息が喉に触れ、肌を這う。舌みたいに。

「キズハちゃん」

その息からは少しだけ血の匂いがした。イヤだなと思ったけど、これは言わなきゃならない。

「また飲んでるの？　マダムもそれだけはダメって――」

「うるさいな。関係ないでしょ、あんな人」

ピシャリと言葉で叩かれて、それ以上は言えなくなる。腕を押さえつけられて身動きもとれない。彼女は私の首すじの匂いを嗅いで、髪に口をよせる。

「あんたっていつも甘い匂いさせてる。昨夜は何人に抱かれた？　あたしをほったらかしにして、あんただけ男を楽しんだんだ？　そうでしょ？」

抱かれてないと答えた。もうすぐ私は決まったお客さんとしか寝ないようになる。マダムに紹介された人たちだ。

「そう。ルペはママになるんだもんね。あたしたちの」

キズハちゃんが頬を撫でる。耳に爪を立てる。痛くて顔をしかめる私を見て、嬉しそうに目を細める。

「ママ。あたしのためにしっかり働いて。そうしたら、あたしもきっといい子になるわ。約束する」

本当に、なんて言っていいのかわからない笑み。ぞくぞくするくらいきれい。なのに、トゲみたいに痛い。

キズハちゃんは娼館で生まれた。

いつからこの仕事をしているのか自分でも覚えてないと言っていた。マダムも多くは語らない。この母娘が会話をしているところも見たことない。キズハちゃんはウソしか言わないからだ。

昼間の彼女は、いつも血の匂いをさせている。

『ケシコウモリの血』だ。

もちろん、そんな動物がいるわけじゃないし、本物の血でもない。

魔王の森の東で採れるという不思議な形をした果実。それを発酵させると赤くなって血のような匂いをさせる。

その汁はお酒よりも酔うし、人をダメにする。だから持っているのを見つかると官兵さんに逮捕されるけど、手に入れるのは意外と簡単らしくて、娼館でも飲んでいる人がいる。ひどい酔いかたをして、見えない人と話を始めたり、いきなり暴れだすこともある。倒れてそのまま病院に運ばれることも。

上手に飲める人はそこまで酔わない。その代わり、この血を飲んでからすると、すごく気持ちいいって嬢に勧めてきたりする。危険だから断るようにってマダムはみんなに言っている。どうしても飲まされそうになったら逃げてもいいって。

キズハちゃんは、上手にそれを飲んでいる。たぶん、私以外に気づいている人はいない。

「……ちゃんと、ご飯も食べて。栄養も摂らないと倒れちゃうよ」

「なにそれ？　ママっぽいこと言ってみた？」

自分でも的外れなこと言ってるなあと思う。でも、キズハちゃんは最近ますます食べなくなってきた。ひょっとしたら、また何か拾ってきて飼ってるかもって思う。昔は何でも生き物を拾ってきては、納屋に隠して飼っていたから。ママに言われてカギをつけたのは私だ。

そして、もしかして彼女が今飼ってるのって——私の知ってる男の子かもしれないと思ってる。

「あんたのほうこそ疲れた顔してる」

他人事みたいに小首を傾げて、キズハちゃんは髪をかき上げる。今日はきちんと整っていた。これから誰かに会うみたいに。

「この仕事ってそんなに大変？」

ただの嬢だったころに比べたらずっと。

でも、慣れないと私はたぶん生きていけない。誰だって変わっていかないといけないと思う。でも。

「向いてないんだよ、ルペ」

胸にイヤなものを刺された気分。

そんなの、だって、私にもわかってる。だから言わなくていいのに。

「あなたはいつも笑ってごまかすだけだもんね。続くわけない。自分が楽しめないとこの仕事は絶対ムリ」

あたしは楽しい、とキズハちゃんは笑う。すごく笑う。ズキズキと頭に響く。

「ルペも血、する？　楽しくなるよ？」

赤い舌が彼女の唇を濡らす。匂いだけでも、効き目があるのかもしれない。ほっぺたが熱くなっていく。息苦しくて何か欲しくなる。

「ウソ。あんたにはあげない」

さんざん私をバカにして、キズハちゃんはようやく私の上からどいた。血の匂いが離れる間際に、ふわりと花の匂いもさせていた。

チバくんは、今日もこなかった。

娼館の厨房で、一人遅めのお昼をもらって食べる。なつかしいけど、こんなものだっけと思った。ちょっと前までは普通にここでみんなと食べていたごはんも、あまり楽しめなくなっていた。

でも、そんなこと言ってられないよね。これからはこういうことが増える。他の嬢とおしゃべりしないとだし、お店の味も確かめないと。仲良しの子とお外で食べるごはんの美味しさに、甘えちゃいけない。

それに――ハルちゃんは、もうここには帰ってこないかもしれない。娼婦をする必要はもうないって、思ってるのかもしれない。

ここに来たときは何も知らない子だったけど、今じゃ私よりもできることが多い。お料理も、洗濯も、店の修理まで。売り上げの計算は全然できないけど、歌だって楽器だって上手い。それにすごく可愛い。

外の人たちとも付き合ってるみたいだし、森なんてすごいとこに連れてってもらってるくらいだから、ひょっとしたらもう店を辞める相談くらいしているのかも。

私には、きっと相談してくれないよね。ずっとここに残るしかない子だもんね。言えないよね。

たぶん、私、すごく寂しいけど、笑っておめでとうって言ってあげれるよ。それくらいできるよ。なのに、行かないでって泣くと思われてるのかな。そんなことないのに。みんなが、私より先に出ていくことくらい知ってる。だから平気なの。

……なんだか、つまらないことばかり考えてる。

ハルちゃんがいたときには、もっと面白いお話にできないかなって工夫してたのに。

お水飲もう。

そう思って立ち上がったら、膝に力が入らなくてよろけた。転ぶかと思った。びっくりした。

夜、雨が降り出したおかげでお客さんは少なめ。

なんて、客入りが悪くてホッとしちゃうのは最低だ。店の前の灯りを強めにして、見た目を暖かくする。楽隊にはゆっくりとした曲を演奏してもらう。料理を一品、少し値段を下げて看板に告知する。通いの嬢たちに、「今日は早めに上がっていいから賑やかにして」と伝える。

お客さんが少なくても、やらなきゃいけないことまで減るわけじゃない。でも、顔には忙しさを出さないように。周りを見て、気を配って。

雨宿りに新規のお客さんがきた。お付きの人を引き連れて、恰幅《かっぷく》がよくて脂ぎった感じの人。でも娼館のご利用は慣れているみたいで、席に案内した嬢にも軽い感じでいやらしい冗談を言う。身につけているものもいい。お金持ち、だと思う。かなりのほう。

マダムの代理としてご挨拶をする。お酒も注《つ》がせていただく。私の控えめな胸を見て微妙な顔をされてたので、かえって安心した。今日の嬢は胸の大きな子が多い。

お客さんがお酒とお料理を楽しみながら、そろそろ嬢たちの品定めを始めたところでもう一度声をかける。耳元で、あなただけにと。

「今でしたら、うちで一番の子のお部屋が空いています」

キズハちゃんは、役人のお偉いさんや軍の上層部が顧客にいると紹介をする。男の人は、嬢の価値を本人の見た目以上に『誰のお気に入りか』で判断する場合が多い。特に、こういうお金や地位のありそうなお客さんは。もちろん、胸が大きいということも言い添えて。

「ほう」

値段を言うのは最後だ。言わせせない人もいる。

慣れているなら店の相場くらいは読めているだろうし、ここは男性たちの社交場でもある。次に来るときのことも彼らは考えている。

「どういたしましょうか？」

ます。

「わかった、行こうか」

この人は値段を聞かなかった。上客確定。次回の来店時には嬢たちを並べて歓迎いたします。

よかった。あとは任せて大丈夫。キズハちゃんなら、どんなお客さんも必ず満足させてくれる。仕事は本当にすごいんだ。二日もお客が空いてしまった彼女も喜ぶだろう。

なんて、ちょっと安心して気を抜いていたら、すぐにさっきのお客さんが足音を響かせながら二階から降りてきた。

「おい、ふざけるなっ。なんだあの女は！」

私を指さして、真っ赤な顔で睨む。何が起きているのかわからなくて、あたふたしてしまう。

「えっと、いったい何が？」

「あの女はなんだと言ってるんだっ。あれがこの店の一番だと？　こんな無礼は初めてだっ。たかが娼婦の分際で私を誰だと思っているっ」

「あの、すみません、すぐに別の嬢のお部屋へ」

「次は二番か三番か？　こんな店の女など相手になるかっ。馬鹿にするのもたいがいにしろっ。帰る！」

本当にわけがわからなかった。お客さんに何度も頭を下げて見送って、急いで二階へ行く。

廊下のつきあたりの青い扉。うちで一番広い部屋。少し緊張しながら扉を叩く。返事はなし。いい。勝手に開ける。

「キズハちゃん」

ふわりと花の香りが広がり、派手に塗られた壁と床に重ねて敷かれたじゅうたんの数々の色彩に、目が押し込められたように鈍く痛んだ。

男の人たちからもらった服、小物、帽子。どれも華やかだけど一度も使われてないみたいに整然と並べられている。色が多すぎて不安になる配置。色に埋もれてしまいそう。

ベッドの上に彼女はいた。

だらしなく足を開いてカップで血を飲んでいる。その頬には大きな手の痕。さっきのお客さんにぶたれたんだ。

「キズハちゃん——ダメだよ。あなたは顔に傷なんて作っちゃダメ」

この子は店の看板。私たちの一番。わがままで手に負えないけど、この店を支えているのは彼女。

反対側の唇を上げ、頬を指でなぞって彼女は言う。

「このくらい明日には消える。問題ない」

問題だよ。今夜、これからどうするの。あなたがお客さんを見つけてこいと言ったのに。

「……お客さんに何をしたの？」

「別に。見たままを言った。それで、あなたに抱かれるのは嫌っすねーって」

「なにそれ。本当にそんなこと言ったの？」

彼女は仕事だけは真面目だった。というよりも、娼婦の仕事しかしない子だった。

どんな男の人にも抱かれる。本気で抱く。

私たちでもちょっと引くような男の人にだって、彼女はベッドの上では本気で惚れる。

別れ際には涙だって見せるそうだ。そうして、次から次へと美貌と愛でお客さんを蕩《とろ》かしていく。どんな男の人も虜《とりこ》にしてきた。「あの子は生まれたときから娼婦だった」って、マダムは言ってる。少し嫌そうに。

「どうしてそんなこと……」

「気分じゃなかったから。悪い？」

キズハちゃんは、困った私の顔を見て笑った。本当におかしそうに。

血に酔ってるんだ。めちゃくちゃだ。さすがにムカムカしてくる。

私に嫌がらせしたくて、わざとお客さんを怒らせたんだと思う。

「どうしたの、ルペ。もしかして怒った？」

唇を嚙んでこらえる。

私が怒ったら、本当にどうしようもなくなる。いつものように我慢する。

「お願いだからお仕事して。今夜は入りが悪いの。顔、少し塗ろうか」

またお客さんが見つかるかどうか、上客の人が来てくれるかどうかも、この天候と店の様子では自信ない。だけど今夜はキズハちゃんに稼いでもらわないと困る。

本当に困るんだ。ここ数日は最悪だ。マダムが留守にした途端にこんなんじゃ、私は――。

「やだ。気分じゃないって言ってるでしょ。あたし、しばらく働かないつもりだから。そっちはそっちでがんばって」

肌に触れようとした私の手を払い、キズハちゃんはぷいとそっぽをむく。

怒っちゃダメ。キズハちゃんは私をからかっているだけ。怒ったら思うツボだ。でも、私だっていいかげん――。

「じゃあ、ここから出て行って。男と寝ない娼婦なんてこの店にいらない。あなただって娼婦しかできないくせに、わがままばっかり言わないでよ」

キズハちゃんは、驚いた顔で私を見上げて、眉をひそめた。

私も勝手に動きだした自分の口に動揺したけど、ぎゅっと唇を結んでキズハちゃんに立ち向かった。

「は？　だれに向かって言ってるのよ、ルペ」

「キズハちゃんにだよ。本当にひどいよ。今日だってお客さんも見つけてきたのに、追い返しちゃうなんて。私、がんばったのに！」

「そこ、どうでもいい。それより、あたしがいらないってどういう意味？　あたしのこと必要ないって本気で言ってるの？」

イライラしてしまう。どうでもいいとか、あなたが勝手に決めないで。世の中で自分にしか価値がないみたいに、私たちを見下さないで。

あなたがそうやって特別な部屋にひきこもって生きていけるのは、だれのおかげだと思ってるの。

「男と寝ない娼婦に価値なんてないよ。それはあなただって同じ」

イヤなことを言っている。キズハちゃんを傷つけようとして、自分にも跳ね返る痛いことを投げつけてしまった。

胸がギュッとなり勝手に涙がこぼれる。謝ろうと思っても口が上手く動かせなかった。

キズハちゃんが私の肩を押して壁にぶつける。私は顔を覆って泣いている。

「あんたバカなの？　あたしがいなくなったら、価値がなくなるのはこの店じゃん？」

何も言い返せなくて、ただ声をあげて泣く。

私はバカだ。本当にダメだ。なんとか声を振り絞って「ごめんなさい」って謝る。

キズハちゃんはため息ついて、私の後ろの壁をドンと叩いた。

「笑え」

低い声で脅してくる。怖くて肩が震えた。獣みたいにキズハちゃんが睨む。

「笑えって。ママの役目だろ。笑ってごまかせ、いつもみたいに」

下の酒場で誰かが大笑いしているのが聞こえる。客の入りは少なくても、嬢たちはがんばって店を盛り上げてくれている。

私も笑っていないといけない。でも、喉が引きつるし涙も止まらない。

キズハちゃんは舌打ちをした。

「もういい。戻りな。あと、しばらく客と寝ないってのは本気だから。それだけ覚えておいて」

壁から引き剝がされて、お尻を叩かれた。騒がしい酒場へと、とぼとぼと戻る。

次の日、店の玄関前にチバくんが座っていた。

こっちに背中を向けて、聞いたことのない歌を口ずさんでいる。私はそんな彼の背中に膝を入れた。

「いて」

彼は驚いた顔で振り返り、すぐに「おはよう」なんてニヤける。

立ち上がったチバくんの膝の裏に、もう一度膝を入れてやった。

「なになに。なんなの？」

チバくんは、私がふざけてると思ってるんだ。

怒ってるんだよ。

でも、チバくんが笑ってくれたおかげで、私も一晩ぶりに笑えたから許す。

「あ、やべ。たまにケーキとか食うとすっげーうまい。男って甘い物が嫌いっていうやつ多いけど、俺は甘い物も好きっていうか、女子の気持ちとかすごいわかる男だからさ。うまい」

あいかわらず何が言いたいのかわからないチバくんの話。というか主張。いつもなら聞いてるうちに本当に意味がわからなくなって不安になったりしてたけど、今日はなんだかホッとする。とりあえずケーキは美味しいっていうのは同意だよ。

そういえば、キヨリちゃんはこういう食べ物の感想が上手だったよね。スモーブさんのお料理はいつも褒めるだけだったけど。今ごろ何してるかな。無事かな。

森へ行くこと、チバくんには話してないんだよね。昔はチバくんのことも強い冒険者だって言ってたよね。ちょっと前まで、彼に森へ連れてってもらうつもりで私に調教を頼んできたくらいだし。

でも、その期待もやめたんだよね。チバくんにその気がなかったから。強くなることには興味あるけど、魔王を倒すまでは無理だからやらないって。

私はそういうのよく知らないから、そうなんだって思って聞いてただけなんだけど。少しうらやましい。一生懸命にならなくてもいいんだって自分に言えるのは。自信なのかな。それとも、虚勢とか、負け惜しみとか、あんまりいいものじゃないやつかな。どっちにしてもうらやましいけど。それって全部、自信だし。

私は、無理をしてようやく生きていけてる感じ。今夜から、どうやって店を回していけばいいのかもわからない。そのことを思い出したら、せっかくのケーキも美味しくなくなっちゃう。それは困る。

「チバくんって」

キズハちゃんと会ってるんでしょ。と、聞こうとして踏みとどまる。踏み込めない。彼女が怒るのが怖い。

「ん、なに？　俺のこと知りたいならなんでも聞いて」

この二人が私のこととか話してたとしたら、それはすごくイヤだなって思った。いやらしいことなんかもして。ケシコウモリの血とかも使って、爛《ただ》れたことまでしてたらって想像したらすごく気分が悪くなる。

でも、それも違うかなって気もする。この二人が会ってるのは間違いない気がするけど、男と女の関係になってるとも思えない微妙な組み合わせだ。

「……なんでもないよ」

適当にごまかしてしまって、悪いことしたなと思った。

でも、適当にごまかすくらいの軽い失敗だったことは察してくれればいいのに、チバくんは「なになに、余計に気になる」と前のめりで食いついてくる。

そういうとこだろうな。ハルちゃんがイライラするの。

私がチバくんのこと気になる理由は、弟に似ているからだ。だけど、私の知っている弟はまだ赤ちゃんをようやく卒業したばかりのときだし、チバくんはハルちゃんと同い年でもう大人だ。顔も全然違う。本当に似てるかって言われると自信はない。わからない。

私と寝たいと思ってないくせにこうして二人で会ったり、どうやら口説いてるつもりらしいことを言ってるわりに、全然強引にしてこないし。

目的がないようにしか思えない行動を、この人は普通にするんだ。暇なのかな。その余裕がやっぱりうらやましい。不安になったりしないんだよね。

チバくんは、口の横にケーキの痕跡を残して、私をじっと見てる。その顔が面白くて、ついつい笑ってしまう。

あぁ、そうか。チバくんはまだ自分が子どものつもりなんだ。だからそんなに人生を趣味みたいに生きられるんだ。考え方が違うんだ。

わかっちゃった。ようするに彼の言う「ママ」って本気のやつだ。私は「ママ代わりの女の子」じゃないから寝ないんだ。そういうことだ。

なーんだ。

「どうしたの、本当に？」

「ううん。質問、思いついた。いい？」

「え、いいよ。もちろん、聞いて聞いて」

「あなたは、将来どんな人になりたいの？」

弟に聞くみたいに尋ねる。チバくんは目をキラキラさせる。本当に子どもみたいだ。おかしくなる。

でも、どうせ勇者になるとか吟遊詩人の歌になるとか、そういうこと言うのかと思ったけど違った。

予想外のことで、私は一瞬何のことかわからなかった。

「神様をぶん殴る」

チバくんはたしかにそう言った。

私は一応、あたりを見渡して教会関係の人がいたりしないか確かめる。よかった。森からキヨリちゃんが走ってきたりしないで。

「俺は、神様をぶん殴る男になるんだ」

ハラハラしている私にかまわず、チバくんは二度も言う。

想像しようとしてもわからない。そんなこと言う人、初めてだった。想像したこともなかった。

どういう状況だろう。神様が、どうしていきなりチバくんから暴行を受けるの。どうやって神様と会うの。娼館のお客さんとかじゃないんだよ？

「……殴ってどうするの？」

魔王にでもなりたいのかな。そういう答えが返ってきたら怖いな。

チバくんは、「うーん」て斜め上を見る。

「正直言うとそこまで不満があるわけじゃないんだけど。ぶっちゃけこの異世界好きだし。ロマンと冒険とファンタジー。男子なら誰でも好きなやつだからさ」

でもね。と、チバくんは大げさに首をかしげてみせる。

「最近は違うかなって思うようにもなって。この世界に生きてる人にとってはそうでもないなっていうか。カンストある時点で俺も騙されたなって思ったし。でも、俺はまだシステムを理解できてるからマシなほう。ほとんどの人は天井があることにも気づかないで生きてるし、スキルも使えないのしか持たされてない。いやチートでもそう。無限系でもあるなら話は別だけど、こんなんじゃ魔王なんて倒せるわけがない。設計がおかしいんだよ。誰がクリアできるんだ、こんなゲーム？　それともスローライフ系なのかな？　それならそれで、チュートリアルちゃんとやってって感じだし」

やっぱり何を言っているのかわからなくて、私はあいまいな感じに笑っておく。いつものチバくんか。真面目に聞いて損した。

だけど、私の反応が薄いのに気づいたのか、チバくんは「ごめん」と言った。

こっちの表情を読んでくるなんて初めてだったから動揺してしまった。あのチバくんが。

「ようするに不幸が多すぎるんだ。ママみたいな人がもっと幸せになれないとおかしいんじゃないかなって。それって、まあ、人間社会とかそういう下層システムの修正でもある程度はよくなると思うけど。でも、俺は知ってるから。一番トップのヤツ。そっから修正してやらないと根本は変わらないから、ぶん殴ってでも気づかせて修正させるんだ。スキルを全部吐き出させて人類ごと変える。魔王を倒す方法は一人の勇者の出現じゃなくてシステムの改革と人類の底上げだよ。そして、それをやるのが勇者の仕事だと思うんだ。つまり、俺にしかできないこと。それをやる」

私はまだ動揺していたし、チバくんの話も相変わらずわからないものだったし。

でも、すごくドキドキした。わからないのに惹きつけられた。チバくんが、知らない人みたいに見える。違う世界の人みたいに。

どうしていいかわからなくて、いつものように笑ったけど失敗した。加減を間違えて涙がでた。

でもチバくんも笑ってた。

「……本当に」

「ん？」

「本当に殴ってくれるの？」

「もちろん。グーでやるよ」

想像したらますます笑えた。神様、びっくりだね。みんなチバくんに驚くね。

かっこいいね。

チバくんが、何かを約束するみたいに私の手を包み込む。それもなんだか、嬉しかった。


でも、世界なんて急に変わるわけがない。今夜も私は、店内をお詫びして愛想笑いをして駆け回っていた。

常連さんを頼ることが増え、イヤな顔をされるようになったので媚びる。今日はなんだか無理な注文をしてくるお客さんが多い。見慣れない人たち。

「おーい、俺の頼んだ酒はこれじゃないぞ。もう飲んじまったけどな」

「逃げんなって、おい。酌くらい付き合ってもいいだろ。あ？　おしゃべり代？　そんなの誰が払うかバカ。いいから座れ」

あぁ、もしかして。

昨夜の怒らせたお客さんのいやがらせかも。そうか。お付きの人に住所を聞いておいて、朝のうちにお花でも届けてもらえばよかったんだ。そこまで頭が回ってなかった。

小競り合いを始める人たちもいる。騒ぎがあちこちで少しずつ広がる。いやがらせに慣れているのかも。止めてくれるように頼んでも、相手にしてくれない常連さんもいた。私、嫌われ始めている。

年上の嬢に、ギルド長さんに助けを頼みに行ってとお願いする。早くに手を打たないと店の雰囲気が最悪になる。今月の上納金が、きっととんでもないことになるけど仕方ない。

「おい、姉ちゃん。おまえがこの店のマダムだって？」

呼び止められたので「代理です」とご挨拶をする。さっき、お金も払わないで嬢を座らせようとしていた人だ。店の文句を言いだして詰め寄ってくる。私を壁に追いやるようにして、もう一人。反対からも。

「え、あの」

気づいたら囲まれていた。ガラの悪そうなお客さんたち三人。他の場所でも騒ぎが大きくなってて、すぐに行かないとならないのに。

「どうしてくれるんだよ、これ。料理の汁がかかってベトベトだ」

「俺なんて嬢が酒も注いでくれなかったんだぜ。店の責任者なんだろ、お嬢ちゃん。どうするんだ？」

「誠意ってわかるよな？　娼婦なら娼婦らしく、この場で俺たちにお詫びっていうのしてくれないと」

「あの、すみません。私、行かないと。お詫びならすぐに別のお料理と嬢を……」

「裸踊りってのはどうだ？　得意だろ、そういうの」

「ははっ、そりゃいいや」

「ほら、脱げ。早く」

じりじり追い詰められ、息もかかりそうなくらい近くでニタニタと笑われる。連日の疲れと恐怖で、私は膝に力が入らなくなる。

「脱げって言ってんだろ！」

なんとか笑おうとした。でも、全然うまくできなかったみたいだ。

男の一人が、「なんだそのツラ？」って拳を振り上げる。別の人の手が私の服を掴む。

強く床を蹴る音が響いて、店内が急に静まった。

舞台の上に嬢がいた。みんなの視線を一身に集め。私は思わず叫びそうになる。

ハルちゃん！

でも、そこにいたのはハルちゃんじゃなかった。

金色の髪、青い瞳。

派手な服を着て青い花をくわえたキズハちゃんが、舞台の上から店内をぐるりと見渡す。

そして、花を離して胸の間に挿した。私の服を掴んでいた男が、ゴクリと喉を鳴らした。

「初めましてのお客様が多いようですね。私の名はキズハ。『夜想の青猫亭』の娼婦。この華やかな女どもと違って、二階に閉じ込められている見苦しい女でございます。今夜はとても賑やかで、楽しげで、ついつい誘われ出《い》でてしまいました。どうかお目汚しご容赦を」

とても上品で優雅な一礼。開いた胸元に花が揺れる。深い切れ目の入った服から、彼女の長くて白い足が覗く。

騒ぎはすでに収まっていた。男のお客さんたちは、もう彼女に釘付けになっていた。

「せっかくの宴の邪魔をしたお詫びをさせていただきます。キズハは、旦那様方にご奉仕をすることが生きがいの娼婦。このいやしい女を、ぜひ、皆様の目と耳でご堪能くださいませ」

そう言って、キズハちゃんはまた床を蹴った。楽隊へ向ける合図の視線。流れ始める楽曲。

これは、恋の歌だ。捨てられた女が、いなくなった男への愛と後悔と懺悔《ざんげ》を叫ぶように歌う。この曲の唯一の歌い手がいなくなった今は、激しい演奏だけが鳴り響く。

キズハちゃんは歌わない。私たちも初めて見るんだけど、彼女は踊っていた。服のすそを持ち上げるように握り、時々床を大きく蹴って、素足のほとんどを見せて。

きれいだった。足運びも、表情も、指先までしなやかで観る者を魅了した。楽隊の演奏にも力が入って音が増す。男たちも喧嘩を忘れてキズハちゃんに夢中になった。

こんな踊りを私は知らない。いやらしいのに惹きつけられる。長い手足もまっすぐな背すじも、舞台で踊るためにあるみたいにかっこいい。なのに、妖《あや》しさもたっぷりあってドキドキする。いけないものを見ている気持ちになる。

「旦那様方。キズハをもっとお望みなら、どうぞ名を呼んでください。ご命令をいただければ、キズハはいつまでもあなたのために踊り狂いますので」

男たちのほうが、狂ったようにキズハちゃんの名を叫ぶ。

今夜、私は初めて一階に降りてきたキズハちゃんを見た。そしてわかったことがある。

私たちの格が下がった。

彼女が二階にいてくれないと困るのはこっちだ。夜想の青猫は彼女だ。悲しい恋の歌を踏みつけるように彼女は踊る。そして笑う。男たちを狂わせながら。

また涙が止まらなくなった。自分が腹立たしくなっていく。キズハちゃんに価値がないなんてよく言えた。私は娼婦としても中途半端で、マダムのようにもなれない。価値がないのは私だ。

ギルド長の息子さんが、強そうな男を数人連れて入店した。見渡せる席につき、手下に指示して問題の客を連れ出していく。

店の真ん中で、大泣きしているだけの私を見て、キズハちゃんは嬉しそうな顔をする。

胸に挿した青い花を掲げた。

「この花はキズハです。今宵これを手にした方こそ旦那様。どうぞ私を存分におなぶりくださいませ」

そうして投げた。男たちは花を奪い合い、それは見る影もなくズタズタになる。キズハちゃんは声に出して笑い、踊り続ける。

私は、耳をふさいでその場に伏せてしまいたかった。吐きそうになった。でも、仕事だ。私にはやることがある。

「……わざわざ来てくださってありがとうございます」

ギルド長の息子さんに頭を下げる。そういえば、マダムと一緒にギルド長さんも地方に行っているんだった。息子さんに今月の上納金がいくらになるかを尋ねる。

ぐしゃぐしゃになった私の顔を一瞥して、彼は小さく舌打ちをした。

「何のことだよ」

それがどういう意味かわからず、聞き返そうとする前に乱暴にお酒をあおった。

「さっき、ふとシクラソの歌を思い出しちまった。だから、たまたま仲間を連れて飲みに来ただけだ。おまえに呼ばれたからじゃない」

空いたカップを置いて立ち上がる。仕事を終えた手下の皆さんも集まってくる。

「俺も、もうじき親父の仕事を引き継ぐ。おまえもしっかり稼げよ」

私は顔を伏せて立ち尽くす。キズハちゃんの楽しげな声が響く。お客さんたちの熱狂も続く。

部屋に戻って、枕に八つ当たりして、店にはもう戻らなかった。

あ……ひどい顔してるな。

これはもう、笑っても怖いな。お化粧でごまかせるかな。

そうだ、ケーキを食べよう。どうせならみんなの分も買ってここで食べよう。少しは気分も盛り上がるだろう。

なんて思って、スモーブさんの店まで行って、私は立ち尽くした。

「おー、ルぺちゃん。ただいまー」

てらす席の真ん中で、ハルちゃんが手を挙げて笑ってた。

「や、すぐ店に帰ろうと思ったんだけどね。キヨリが糖分摂らないと今すぐ死ぬとかいうから、まずケーキかって話になってんだ。そしたらルぺちゃんと奇跡の再会みたいな〜。いいから座って座って。あたしの隣っ。積もる話がすごいあるのー」

ハルちゃんの正面の席では、キヨリちゃんが死んだように伏せていた。

スモーブさんが嬉しそうにケーキを大皿で運んでくる。私はその皿から一個、手づかみで握っていた。

自分でも、どうしてそんなことをしたのかはわからない。衝動だったとしか。

振りかぶって投げたケーキは、ご機嫌で私を手招きしていたハルちゃんの顔面と、奇跡的な再会をしていた。

「……なんで？」

顔を白くしたハルちゃんは、そのままの体勢で固まった。私は、過呼吸みたいに何度も息を吸って、ようやく声に出す。

「ハルちゃんの、バカアアァァァァァ！」

自分でも思っていた以上に怒鳴ってしまった。周りのおじさんたちの視線がいっせいに集まる。

でも、もう止まらなかった。ハルちゃんの顔を見た途端、ずっと我慢してたものが一気にあふれてきた。

「な、なにが、ただいまだよ……私が、どれだけ、ハルちゃんに会いたかったかっ。助けてほしかったかっ。そんなときにいなかったくせに、なん、なんなのよぉ！」

また涙が出ちゃった。明日また目が赤くなる。だけどもういい、そんなこと。言いたいことといっぱいある。

「ハルちゃんの、そういうとこ嫌いっ。自分勝手で、能天気でっ。私の気持ちとか考えたことないでしょっ。私だっていつも笑ってばかりいられないのにっ。そういうの、わかってないでしょっ。なんでも許す女だと思ってるんだっ。そんなことないんだからね！」

人が集まってくる。冷やかされる。余計にイライラしてくやしい。今は私とハルちゃんの話をしているのに。

足の悪いヒゲの冒険者さんが、ニタニタと笑いながら言う。

「おう、嬢ちゃん。女のくせにケンカなんてできるのか？　まあ、思いっきりやんな。負けたら俺ので慰めてやっからよ」

恥ずかしくて顔が赤くなる。私はすごく怒っているのに。

ハルちゃんが、テーブルを叩いて立ち上がった。

ますます周りが盛り上がる。「やれ、やれ」って囃し立てる。私たちを囲ってくる男の人の笑い声、吐く息。昨夜のことを思い出して少し怖くなる。

「スモーブ！」

ハルちゃんが怒鳴った。

するとスモーブさんが、ケーキの大皿を片手に持ったままお客さんたちとハルちゃんの間に割って入って、片足を大きく上げた。

まっすぐ、天を衝くくらいに。

そのままドシンと足を落として地面を震わせる。もう片方の足でも同じように地面を揺らす。そして、ぐっと体を低くして睨みつけると、他のお客さんも気圧《けお》されて黙ってしまった。

普段の彼じゃないみたい。すごく強そうだ。これ、なんていう格闘技なんだろう。教えて、スモーブさん。

「サンキュー、スモーブ。あと悪いけど、そのケーキも全部うちらに売ってくんない？店の掃除も弁償もあたしとルペちゃんでやるから、これからやること許してよ」

スモーブさんはこくりと頷く。ハルちゃんは彼の持ってたケーキを一つ取った。そして振りかぶる。

「くらえ！」

思わず目をつぶったけど、ぱしゃんと弾ける音は私のすぐ隣で聞こえた。

私を冷やかしていたヒゲの冒険者さんの顔が、真っ白になっていた。

みんな茫然。だけど、ハルちゃんはご機嫌。

「どーだ、スモーブのケーキの味は。うまいだろ。それが女の子のバクダンだ！」

その冒険者さんは、顔面にたっぷりとこびりついたリーム草の汁に舌を這わせると――

「意外とうまい」と言った。

「いたっ」

油断していたら、次は私の頭にケーキが当たった。

「にしし っ」

ハルちゃんが笑ってる。私はムカっときて、スモーブさんに「こっちにもください」とお願いする。

私の投げたケーキは、今度は全然外れて、キヨリちゃんの頭にパカンと炸裂した。

だけど、キヨリちゃんはビクともしないものだから、本当に死んだのかなって心配になった。

「……かんべんしてくださいよ……もう争いは……もう……」

あ、生きてた。じゃあ、よかった。

「よそ見している場合かっ」

ハルちゃんのケーキが飛んでくる。次はうまく避《よ》けれた。後ろのおじさんがケーキまみれになった。

私もケーキを投げる。残念、それも関係ないおじさんに当たってしまった。でも知るもんか。私は怒っている。近づく人はみんなケーキにしてやる。ハルちゃんと、次々に投げ合う。

「私だって、いつもニコニコしてるわけじゃないっ。ムカつくことだってあるし、誰かの悪口言いたいときもあるっ。ハルちゃんと同じなのっ」

「それくらい知ってるよっ。でも言わないのはルペちゃんじゃん。自分の代わりにあたしにばっか言わせてるじゃんっ。まあ、あたしは言いたいから言ってんだけどっ」

「私だって言いたいよっ。本当はっ。でも、そんなことしたら——」

「このぉ！」

「言ってよっ。悪口言おうが文句たれようがルペちゃんはルペちゃんだしっ。あたしだって聞きたいっ。純粋に興味ある、ルペちゃんがどんな毒舌吐くかっ。聞かせてよっ」

「だって他にも言いたいこといっぱいあるもんっ。ハルちゃんと楽しい話がしたい、笑いたい。そっちのほうが元気でるし、大好きなんだもんっ」

「ルペちゃん、そういうとこ。いい人が出てるから。ママになってるってばっ。もっとお腹を割っていこ。少しずつでいいから、黒い自分も見せていこうよっ」

「じゃあ言うけど、そもそもマダムがおかしいのっ。何日も店を空けるんなら、前日とかじゃなくてもっと早くに教えてくれない⁉ 引き継ぎがひどすぎてなんにもできない！」

「いいね、その調子っ。そういうの欲しかったよ。ていうかマダムいないの⁉ ルペちゃん、めっちゃ大変だったんじゃない⁉」

「そうだよっ。店で号泣したよ、号泣っ。ギルド長んとこのドラ息子にまで同情されたよっ。最悪だった！」

「うわー。あいつ、ルペちゃんを励ます自分に酔ってそー」

「あとキズハちゃん！」

「出た、嬢C。あいつにも何かされたの⁉」

「なんかね、いちいち怖いし、いちいちいやらしいの。わざわざ妖しい空気にしてくるのっ。身の危険も何度か感じたっ」

「マジ？　あいつ許せねーな、あたしのルペちゃんに」

「でも、いろいろ負けた。勝てないって思った。あの人はやっぱりすごい……」

「うん……おいで、ルペちゃん。よしよししてあげる」

いつの間にかケーキは売り切れてて（ちゃんと弁償しますし掃除もします、スモーブさん）私はハルちゃんの腕の中にいた。

抱きしめられて、ケーキまみれの体がべちゃってなった。また泣いちゃった。でもそれは今までの涙と違って、すごく気持ちよかった。

ハルちゃんの背中を抱き返して、私は「どこにも行かないで」って言っていた。

「うん。もうどこにも行かない」

どうせウソでしょって意地悪を言ってしまう。またすぐに私をおいて変なところへ行ってしまうんだ。この子は好奇心と行動力のかたまりだから。すぐに友だちを作っちゃうから。どうせ私なんて。

「行かないよ。あたしの家と世界はここだ。ちゃんとここの人になる」

わんわん泣いてハルちゃんを抱きしめる。腕にいっぱい力を入れて、胸の中に閉じ込める。

ここにいて。私の親友。

などと、恥ずかしい姿を見せてしまったけど、後悔はしていない。あれも私だ。私の黒いお腹を少し公開しただけ。本体はまだまだだよ。

あのあと、ハルちゃんにつまらない話をした。私がこの仕事を始める前の話。最後まで聞いて、「でもルペちゃんってもしかしてママ似じゃない？」とハルちゃんは笑った。

そうなんだよねって、私も笑った。

毎日が慌ただしく過ぎていく。仕事にも精を出し、私はほんのちょっと図々しくなる。こないだキズハちゃんとケンカして、根負けさせて、とうとう言うことをきかせてやった。最近は彼女も少しだけ丸くなった気がする。誰の影響なのかは知らない。何があったのかも聞かないことにしている。

でもその事件をきっかけに、なぜかマダムが私にちょっぴり気を遣うようになった。変な母娘《おやこ》だ。

せっかくなので、自分の意見も積極的に出していくようにした。店を変えていきたいなと思う。特に嬢たちの待遇改善。

いつも協力してもらっていた常連の冒険者さんたちに、条件が合う人がいれば「雇う」という形でお願いしたいと伝えた。酒場や二階に立っていてほしいって。それだけでも嬢たちは安心して働ける。

ギルド長の息子さんとも、いろいろ話せるようになった。嬢たちの仕事部屋と個人部屋を分けたいと相談したら、近くの物件を見つけてやると言ってくれた。仲良くなってみたら、意外といい人だった。

どうしてそこまでするんだって、怪訝《けげん》な顔はされたけど。

だって守らなきゃいけないものは増える一方だ。ハルちゃんがまた大事件を起こしてくれたし。頼れるものは増やさないといけない。毎日忙しい。

お昼はチバくんと待ち合わせ。ハルちゃんは「やだ」というので、私だけでスモーブさんの食堂へ向かう。

「おー、ケーキの姉ちゃん。今週の新作もうまいぞ。ほら、一つ持ってけ」

「どうもです」

足をケガしていたヒゲの冒険者さんは、元気になってからもこの店に通っている。ケーキが食べたいからって。でも食べすぎだよ。

他にもケーキをつついているおじさんたちの姿がチラホラ。女の子のお客さんもいる。空いている席を見つけて腰かける間に、いろんな人から声をかけられた。「ケーキの姉ちゃん」って。

それはそれで恥ずかしいけど、もう一人じゃ食事に来づらいなんて言わない。ここは私たちの席。ケーキの姉ちゃんたちの場所。

チバくんを待っている間に、いただいたケーキをちょっと摘まんで、編み物の続きを始める。

ちょうどいい毛糸があってよかった。明るい橙色《だいだい》にしてみた。シクラソさんのきれいな髪を思い出させる。だからこれは絶対に可愛い。絶対似合う。

そう信じて、せっせと編む。まだまだ修行中だけど、もっといろんなものを作れるようになりたいな。ママみたいに。

「おっ待たせ〜。いやあ今日も紅、元気に森に修行に行ってたんだけど、最近、全然魔物が出てこなくてさ。軍隊まで調査に来てて俺たちは追い出されちゃったよ。いよいよあれかな。魔王も俺に恐れをなしたって感じで、さすがです紅のエンドレス——あれ、ごはん終わっちゃった？」

チバくんがいきなりベラベラしゃべりながら正面に座って、ケーキを見て尋ねてくる。

別のお客さんにもらっただけだよ、と私は答える。

そうしたら、なぜか不機嫌な顔になった。

「俺以外の男からおごってもらったりするんだ……？」

こないだ、ちょっと心が弱っているときに泣かされてしまって以来、チバくんは私を恋人にでもしたつもりなのか、時々こうして束縛するようなことを言う。

「何か問題ある？」

「え、いや、全然！」

でもちょっと睨むだけで男っぽい顔は引っ込んでしまうので、そんなに気にしていない。

あとこういうのがイヤなだけで、チバくんのことは嫌っていないので、別に恋人にしたつもりでいてくれてもかまわない。

今は忙しいから、暇な人とは付き合ってあげられないけど。そのくらいの気持ちだ。

「でも、ごはんは俺のおごりだからね！」

「ありがと。いつもごめんね」

本当にわかりやすくて笑っちゃう。チバくんは私を笑わせてくれる。

そういう男の子は貴重だ。感謝してるんだよ。すごく。

「いいんだよ、だって……」

編み物の手を止めない私に、なぜかチバくんは照れくさそうな顔をする。

「俺のために、なんかド派手なものを編んでくれてるわけだし……」

「これ？　違うよ。ハルちゃんにあげる帽子だよ」

「え、ハルに？　ていうか、帽子にしては小さくない？　あいつ角でも生えたの？」

なんて、とぼけたことを言うので私のほうが驚いてしまった。

あきれた。

ハルちゃんてば、チバくんにまだ言ってないんだ。友だちなのに冷たいなあ。

「これ、赤ちゃん用だもん。ハルちゃん、お腹の中に赤ちゃんいるんだよ。みんな大騒ぎだったんだから」

「ふーん」

チバくんは、スモーブさんが運んでくれたお茶の薫りを堪能しながら口に含むと、横を向いて隣のおじさんの顔に全部噴きだした。

「えええええええええええええええッ⁉」

そして、大きな悲鳴をあげながら後ろに倒れていき、ゴチンと床に頭をぶつけて動かなくなる。

まるでいつかの殺人事件のような現場に戸惑うスモーブさんに、私はお肉料理をチバくんの分と二人前お願いした。

体力だってつけないと。

ハルちゃんの子どもなら、絶対やんちゃに決まってる。

私もまだまだ、忙しくなる。

続・いつかヒーローみたいに君のこと救いたかった

え、やべ……これ、大麻じゃね？

森に暑い日差しが降り注ぐ。

コミケで買った真夏の美少女が表紙の本みたいに、素敵な予感にあふれるサマー。だけど俺は、目の前の犯罪性植物に視線と野望が釘付けだ。

湿気と草の匂いと虫の声。他に人の姿はない。俺はあたりを慎重に見渡して、禁断の植物に手を伸ばした。

間違いない。本物だ。

一攫千金。いや、世界を牛耳《ぎゅうじ》るチャンス到来。この異世界に麻薬文化なんてあるだろうか。もしも初めてだったら、今日から俺がいきなりトップ。麻薬でのし上がるヤングギャングだ。

サブウェポンのショートソードを使って、採れるだけひたすら収穫する。やばい笑みが込み上げてくる。やばいビートを心臓が刻む。

堕落、快楽、ドラッグ溺れて爛れた人生、始める態勢の俺、闇属性。少年の夏を終わらせて、残忍な罪の味覚え、生きるぜリアル、イキるなリア充。今日からおまえら全員ルーザー。なぜなら俺がただ一人勇者。紅のエンドレスレインがバズるフィールド、キメるウィード。ガンジャのほとりで草生やすブッダ。ロープでローチなロールを回せ。ウェルカムトゥアンダーグラウンドインアナザーワールド。千葉イズゴッド。悪いねどうも。

紅のエンドレスレインがバズ（以下サビくりかえし）

「あ、ボルド草だ。パンツ洗い放題じゃん。助かる」

娼館の裏庭で洗濯していたハルに、俺が汗だくになって持ち帰った大麻を自慢してやったら、頭のおかしいことを言った。

パンツ？

何の話をしているの、こいつ？

「ほら、この洗剤の袋にも葉っぱの絵が描いてるっしょ。業者さんに持ってったら洗剤に加工してくれるんだよね。買うより安く」

「待って、ウソだろ。マジでただの洗剤なの？　あんなに暑い中、必死で収穫したのに？　闇のテーマソングまで作詞作曲したのに？　そんなのあんまりだ！」

「いや知らないし。それよりもこれ、もらっていいんでしょ？　みんなで分けさせてもらうね。マジ助かる。ラブ爆発」

くっそムカつく韻《いん》を踏んで、ハルは俺から大麻もといボルド草を取り上げていった。

信じられねー。なんて非常識な異世界だ。なんで大麻をパンツなんかに使うんだよ。空港の税関かよ。

はーあ。本当、うまくいかないことばっかりの異世界だよな。何のために存在するわけ。帰ってアレして寝るか——と、思ったところで、気配を感じ、足を止めた。

いつからそこにいたのか。

謎の生き物が、俺の落としたボルド草の葉っぱを口らしき部分で食《は》んでいる。思わず戦闘態勢をとってしまったが、それでも関心はボルド草にしかないようで、ひたすら地面に体を擦りつけながら食い続けている。

生物と呼ぶには奇怪だが、魔物にしてもさらに異形。歴戦の冒険者である俺も固まってしまうほど理解を超越しており、なおかつ『よく知っている姿』をしていた。

剣を抜いてツンツンしてみる。虫のような細い声を出して、じたばた地面を転がる。

大きさは子犬サイズで恐怖感はなかった。むしろ親近感や愛情すら沸き立たせるそのフォルム。

童貞モンスター。

ルペママに聞いたことがあった。森の奥地に棲息するという伝説の生物の話だ。しかし、話に聞いた以上に切ない姿だった。完全にモロだしって感じだった。

もしかして、ボルド草の匂いを辿ってついてきた？　俺が連れてきちゃったわけ？

それはまずい。生きたままモンスターの類いを街に持ち込むのは犯罪だ。一応な。

禁止にはなっているけど、闇で取り引きされているのは聞いたことがある。

つまり、これもまた一攫千金チャンス到来と思った。この面白生物を売ればいいじゃん。

だったらまず、ここはまずい。ハルが戻ってくる。俺はその生き物をそっと抱き上げた。

生温かさと柔らかさ。やばいくらいリアル。

股間に合わせてみたら最高にウケた。うひゃひゃ、バカみてー。

そしてその格好のまま、なぜか納屋の壁からいきなり顔を出した少女と、ばっちり目が合ってしまった。

「チンコでかっ！」

それが、俺とキズハとの出会いだった。

童貞モンスターに興味しんしんの彼女はなかなか離してくれなかった。とにかく見つかるとまずいんだと言ったら、「じゃあ隠れる？」と言ってボロっちい納屋の中に案内された。

「あたしもちょっと隠しておきたいものがあって、よく出入りしてるんだ。動物好きなんだけど部屋で飼うのはダメって言われてるから、ここで飼ったりも前はしてたよ。酒とかも置いてあるけど、奥は使わないものばっかだから、何でも隠せる」

普段はカギをかけられているから、壁を抜いて出入り口にしてると彼女は自慢げに言う。それはいいけど、先に入るときパンツ見えてたからな。ありがとな。

「チンコもさあ、行く場所ないならここで飼おうよ。あたし、世話とかするし」

キラッキラした顔で童貞モンスターを撫でる。動物好きってのはマジらしいけど、悪いがこれは俺の獲物だ。他人に譲るつもりはないね。

「いや、自分んちで飼えるからいいや。人がいなくなったら連れて帰る」

「はあ?」

まつげもバサバサの大きな目で睨みつけてくる。あれ、よく見たらかなり美少女? でも口調も性格もきつそうだから俺の好みじゃないわ。そういうのハルとかぶるし。

「ていうかそれ、森の生き物だよね? 生きたまま連れて帰るのダメなんじゃなかったっけ。通報してもいいんだけど」

「え、いや、だけど闇取引みたいのもわりとあって……」

「あんた、ここの客なんでしょ。しかも見たところアレじゃん。ルペの客っぽいよね。『ママー』とか言ってそう。違う?」

喉のあたりがギクってなった。そういうの見た目でわかるの？　どういう共通点あるの？

彼女はニタリと笑って顔を近づけてくる。いきなりの距離に戸惑って俺は身を引いてしまう。

「ルペにも教えてやろっか。あいつ、こういうの大っ嫌いだからなー」

本当に、異世界ってのはままならないぜ。

まあいい。俺だって可愛い生き物は嫌いじゃない。こいつが可愛いかどうかは好みの分かれるところだろうが、男なら他人とは思えない形をしているし。

「俺の名は紅のエンドレスレイン。二人の共有財産としてこいつを守っていこうぜ」

「あたし、キズハ。ここの娼婦。よろしく」

絶対こいつ、売り上げ低いんだろうな。

性格が悪いし。女っぽくないし。ルペママの足元にも及ばないぜ。

「チンコもよろしくねー」

「いや待てよ。さっきから勝手に呼んでるけど、そいつの名前はまだ付けてないんだからな。つーか女子がそういうことというの、俺はあんまり好きじゃないし」

「だってチンコじゃん？」

「いやいや、見た目が完全にそれってだけで、独立した生き物だから。こいつのアイデンティティは絶対そこじゃないし。どうせ呼ぶなら、そうだな、たとえば『紅のラスティネイル』とかかっこいい感じの……」

「チンコのほうがいいじゃん？」

「チンコチンコうっせえな！　言うなってんだろ！」

キズハの軽薄で遠慮ない感じがハルみたいで、初対面なのにいきおいで気軽にしゃべってた。

でも、俺が大きな声でツッコんだとき、ビクって震えて目をつぶった。

叩かれると思ったのか。そういう男って娼館にはよくいるらしいから。

「……まあ、チンコでもいいけどさ」

女の子には優しくと、ルペママはよく言う。キヨリがどうして俺といったん距離を置く形をとったのか（アイツがまだ俺に気があるのは知っているが）考えてみてって宿題を出されたこともある。

ようするに、こっちの世界の女子はナイーブなんだろ。男は暴力マシーンとでも思ってるんだ。そんなこと全然ないのに。

「うん。チンコがいいよな。どう見てもチンコじゃん！」

「だよね！」

でもまあ、こんな女でも優しくしておけばそのうちフラグでも立って、イベント発生するかもだしな。全然嬉しくねえけど。

フラグは立った。迷惑なルートに。しかも修正できない強制力もあった。

「あんたさぁ、チンコに何かした？　だらんとして、いくらさすってあげても元気でないんだけど」

「いや、いつもボルド草の洗剤ばっかりであきるかなと思って、お茶っ葉をかけてあげたんだけど……」

「勝手にオカズ変えたの？　チンコの嫌いなのあげたってダメに決まってんじゃん。この子は自分の好みでビンビンするんだから大丈夫なの。チンコかわいそうねー。ちゅっちゅしてあげる」

「あのさ、やっぱりチンコって名前はやばくね？　おまえの過保護が絶妙に気まずいんだけど」

「まだそんなこと言ってんの。チンコはチンコじゃん。あたしの子に変な文句つけないでよ」

「はあああ？　チンコは俺のチンコですが？　人のものに勝手に口つけてんじゃねえよ。ちゃんとしゃぶらせてくださいって言え！」

「なんだとこの童貞野郎が。チンコはあたしのチンコです～。あんたなんかにチンコは触らせないから。あたしが管理するからっ」

「おいおい、管理まで言い出したか、おまえ。俺のチンコを管理してくれるって言ったか。冗談じゃねえぞ、いや、本当にしてくれるとしたら、まあ、いや、冗談じゃねえぞコラっ。チンコを返せ!」

「あむっ」

「いってえええええ!」

俺のを嚙みやがったこいつ。いや、手を。チンコを取り戻そうとした俺の手に、がっつりと痕が残るくらい思いっきり歯を立てられた。

「あたしのチンコに触るなって言ってんだろっ」

この女、本当やばい。

マジギレのボーダーがめちゃくちゃ。ドンで引くわ。

興奮して息を荒らげている彼女から、距離を置いて座る。落ち着くまで待たないと話にならない。

こういうヤツいるよな。自分の情緒をコントロールできないやつ。思いどおりにならないとすぐキレる。自分のことばっかりで他人の気持ちを考えられないんだ。いるいる。誰だっけ?

本当、変な女に関わってしまった。迷惑なフラグを立ててしまった。まあ、女の歯形くらいレベル九〇の肉体を持つ俺はすぐに治るが、だからって痛くないわけじゃない。ここは怒ってもいい場面だと思うんだけど。

「はぁ、ふぅ……」

こいつを興奮させるのはよくないんだろうなって、気を遣わされている。

最初に優しくしちゃったのが失敗だったよ。むしろ関わったのがまずかった。まさか、こんなに乱暴な女だったとは。鬼だな。鬼の姫って感じ。

「……あんたも飲む？」

しばらく沈黙して落ち着いたのか、キズハは俺に近づいてくる。さっきのブチギレも俺に噛みついたことも、すっかりなかったみたいな顔をして。

納屋の奥で、チンコと一緒に隠してある小瓶を一つ取り出し、キズハは一口飲んでみせる。

「これを飲んだら、心がふわっとする。楽しくなる。あたしはこれがないともう無理って感じ」

口元ににじむ血のような液体。

赤いワインみたいのを、彼女はよく飲んでいた。

アル中かよ？　そんなもの俺は飲みたいと思わない。親の酔っ払った姿とか見てるし。

「ふふふっ」

キズハはやけに陽気になって、チンコを抱いたまま俺にすり寄ってきた。妙な匂いがした。

「知らないの？　ケシコウモリの血。最高に楽しくなれるよ。失敗したらやばいけど」

初めて聞く名前だった。コウモリの血って。そんなの人が飲んで大丈夫なわけないし。

まあ、どうせ商品名なんだろうけど。

「これ飲んでしたら、すっごい気持ちいい。知らないでしょ？」

ただ、なんか雰囲気がおかしいっていうか、ただならぬ感じになっているのは鈍感主人公の俺でもわかった。

もしかして、それって。

「見つかったら捕まるから、ここに隠してるんだけど」

やっぱあったの、おクスリ系！

俺の企みを微妙につぶしにくるよな、異世界って。常に先回りされてる気がする。つーか俺が神と思考が似てるのかな。

「どう、やる？」

「え、いや、でも、ちょっと怖いな……」

「別にちょっとずつやれば平気だよ。人に合った量ってあるから、そこでやめればいいの。ま、やってるうちに増えちゃうけどね」

「うーん。いや、やめとく。そういうのはやっぱりよくない。一度は麻薬王をめざした俺が言うのもなんだけど、超えたくない一線はあるっつーか。おまえもやめれば？」

キズハはとろんとした目で微笑むと、一口含んで顔を近づけてくる。

おいおい、キッスでもするつもりかよ、思った瞬間に唇を奪われて液体を流し込まれた。

初めてのクスリ体験で初めてのトリップ。それはたしかにブッ飛んでいた。

血の匂い。鉄の味。

いつかの記憶がフラッシュバックし、そのまま意識も引っ張られる。

＊

《異世界転送まで五秒》

「——小山さん！」

突然の大声にびっくりして顔を上げた。

匂いが変わった。音が増えた。色が違った。

世界が、異《かわ》った。

は？

ウソだろ。

立ち尽くす俺を、後ろから誰かが突き飛ばした。

《異世界転送まで四秒》

バランスを崩して、アスファルトの地面を見る。スニーカーも。制服のズボンも。重たいカバンも。

だから、ウソだろって。

目の前で野球モブと関口が衝突する。転ぶ。アスファルトに広がる黒い液体がシャワシャワと泡を立てる。くそまずかったコーラ。ぬるい炭酸。

一気にあふれ出てくる数々の記憶に、脳みそは悲鳴をあげて逃げろって命じる。

後ろから、暴走トラックが来ているはず。

《異世界転送まで三秒》

野球モブを踏んづけて、俺は走り出す。逃げる方向は決まってる。

まるっきりあのときと同じだ。やばいおクスリでトリップすると変な夢とか幻覚を見るっていうけど、まさかこんな夢を見るなんて。

走る。走る。まだ『小山』の名字を持っていたときの、髪の長かったハルに向かって。

《異世界転送まで二秒》

「小山ぁ!」

鳥肌が立った。記憶がまるっきり再現されている。

いや、これは夢なんだ。キズハの変なクスリのせいだ。よりによって、この瞬間を思い出させるなんて最悪だ。

汗が噴き出す。このあと、俺たちは異世界に飛ぶ。それはいいんだ。異世界に行きたかったから。

ただ、あの瞬間が本当に最悪だっていうだけで。

もうすぐハルが振り返る。俺は世界に絶望する。

《異世界転送まで一秒》

『コイツ誰だっけ?』

ハルがそんな顔して俺を見る。

人生で初めて、小山ハルが俺を認識した瞬間。

ずっと同じ教室にいただろ。俺はおまえのこと知ってるんだよ。高校に入ってからの一年とちょっと、何度おまえを遠くから見てたと思ってんだよ。

でも、おまえはこのあと俺と寝る。おまえのほうから誘うんだ。

俺たちが今から行くのは、そういう世界なんだよ。ざまぁみろ！

＊

「――起きろ！」

誰かに思いっきりビンタされた。目を開けたら、キズハが俺の上にいた。

ぼんやりした頭で、マジで、キズハって顔だけはすげえいいよなと思った。あとおっぱいとか尻の形とかは。

「あー、びっくりした。いきなり倒れたと思ったら心臓も止まってんだもん。死んだかと思った」

「は、マジ？　そんなにトリップしてた？」

体はなんともない。頭もはっきりしている。ちょっと眠っただけって感じだ。仮死状態とかなったことないけど、特に変わったことはない。

ただ。

「どうだった？ 気持ちいいって感じあった？」

「いや、普通に気分悪い。見たくないもの見た。つーか、嫌な自分に会っちゃったっていうか……」

思えばあの日は最初から最後まで最悪の一日だった。のちに異世界ツアーが待ってるにしても、それで帳消しになんてできない記憶だ。

もう二度と戻りたくない世界なんだよ。

「ふーん……まだ足りないのかな。もう少しいっとく？」

「いや、いいから。マジでもうやらないって」

だいたい、この液体ってなんなんだよ。味も匂いも血に似てる。だけど微妙に違うんだ。

俺はこの味を知っている。世界を超えてきたときの味だ。不気味すぎるだろ。

しかもキズハの話が本当なら、トリップしている間、死んだみたいになってるって。

そんなのを何度も飲んでられるかよ。俺はカラオケボックスのロシアンたこ焼きですら絶対に手を出さない男だぞ。食い物にリスクを負わせるゲーム感覚、全然理解できねえよ。

「んー」

生温かい唇が俺のに重なる。

だから飲まないって言ってんだろ！

＊

《異世界転送まで五秒》

「――小山さ」

「キズハさぁぁぁぁん！」

関口の大きな声に負けないくらいの絶叫をした。なんなんだよ、あの女！

トラックは、まっすぐな車道で斜めに傾きタイヤを鳴らす。

後ろから突き飛ばされて俺は足をもつれさせた。おまえもいいかげんにしろ、野球モブ。

《異世界転送まで四秒》

面白動画を再生するみたいに、今回も豪快にすっ転ぶ野球モブと関口に笑える。

でも、もしもこいつらが、もう少し落ち着いて周りが見えていたら、俺もハルも異世界に行ってなかったとか?

それを考えると笑ってもいられない。しゃーない、走るか。

《異世界転送まで三秒》

野球モブと関口を一、二って踏んでハルに向かって走る。三度目はさすがに軽快。でも、もしもここで俺が行かなかったら、ハルはひょっとして巻き込まれることがなくて、こっちの世界に残れたのか。

それとも、俺が向こうへ行けなかったとか。

そんなことも考えてしまう。

《異世界転送まで二秒》

ここでハルの名前は呼ばない。

言っても意味がない。あいつは俺のことなんて知らない。

過去は変わらない。これは異世界のクスリが見せる異世界の夢。だから走るだけ。

《異世界転送まで一秒》

もうすぐハルが振り返る。そういやこの頃のハルの顔、今より少しふっくらしてるし、幼く見える。

これってどのくらい前のことだった？　俺たち、異世界で暮らしてもう一年にはなるのか？

一年で、人って大人になるもんだろうか。

『コイツ誰だっけ？』

もしかして、俺も今の顔を見たら、そんな顔するのかもしれない。

＊

「――あ、起きた」

死の淵で見る夢から覚めて、元の世界へ。

キズハは、チンコを撫でながら血を舐めていた。

「おまえ、ふざけんなよ。二度と飲みたくないって言ってんだろ」

「えー、でもあれはあたしにちゅーしてほしいから、ふりで言ってたわけじゃん？」

「ねーよ！」

けらけら笑うキズハの声に、俺はちょっと気分が悪くなる。

だけど、彼女とチンコとおクスリの爛れた納屋での密会は、それからも続いた。ルペママには言えないことをしてるなって思った。

でも、夏だった。

不思議な心地よさと後ろめたさが、クーラーのない世界では一服の清涼剤に感じた。こういう悪いことを一緒にする友だちなんて、前の世界でいたことがなかったから。

だから、夏だと思った。

「チンコ大きくなったね」

相変わらず自分の股間と勘違いをするワンリアクションを挟んでしまうくせは抜けないけど、キズハとチンコと娼館の納屋で過ごす時間はすっかり俺の習慣だ。

チンコはすくすく成長していた。子犬が成犬になったって感じ。そろそろモザイクかけてやらないとなって思ってる。

「最近、食欲やばいもんな」

洗濯用洗剤のボルド草をペットフード代わりにしているんだけど、一回に一袋くらいはぺろりといくようになっていた。チンコの適正体重なんて俺たちにわかるわけないから、とりあえず欲しがるうちは食わせたりしてたんだけど。

「てかさ、そろそろ隠して飼うの限界じゃね？　俺んちに連れて行こうぜ」

「は？　やだ。ここで飼う。チンコの親はあたしだもん」

「こんな狭いとこに閉じ込められるのはチンコだってイヤだろ。おまえは知らないだろうけど、蒸れたチンコのうっとうしさってパンツの中に茹《ゆ》でたカエルがいるかと思うくらいの――」

「あんたの話のほうがよっぽどうっとうしいっ」

「いってぇ！」

また手に噛みつかれる。鬼姫め。

「じゃあさ、一回外に出してみる？」

俺の右手に残った歯型をぺろりと舐めて、キズハは突拍子もないことを言い出す。

「そんなのムリだろ。見つかったらどうすんだよ？」

「ただのチンコだって言えばいいじゃん。あんたの。よし決定。明日、めっちゃ早起きして集合ね」

「はあ？　おまえ、本当に人の話を――」

「決定っ、決まりなの！」

キズハの強引な提案で、湖に行くことになった。

誰かに見られたらって心配はあったけど、釣り人や洗濯なんかに来ている近所の人がいるくらいで、少し離れればペットを連れたカップルくらいにしか思われないだろう。だからキズハとチンコと、三人で湖のほとりで遊んだ。

　チンコは久々の野外露出でギンギンだ。それを見てキズハもうっとりだ。

　反り返って喜ぶチンコを撫でながら、キズハは言う。

「……あんたってさ、ちょっと変だよね」

「まあ、変っていうか、変人とか奇才とかはよく言われる。俺は当たり前のことしか言ってないつもりなんだけどな」

「男のくせに動物とか可愛がるし。あと、あたしに手をあげないし」

「いや、それはわりと普通じゃね？　女に手をあげるなんて最低だろ。女と子どもと、あと可愛い動物には手をあげないな」

「変なの。じゃあ男にも手をあげなきゃいいじゃん」

「え、それを言ったら俺の仕事ってか、かっこいいとこなくなるし……」

「子どもにも手を上げないのは、子どもが好きだから？」

「好き……かな。まあ、可愛い子は可愛いし。言うこと聞くなら好き」

親戚のガキとか遊んでやったりしてたし、ゲームとか一緒にした。

ああいうのは嫌いじゃない。こっちの世界だったら、見込みのあるガキの剣の師匠とかいいかもな。どうせレベルも頭打ちだし、むしろ勇者を育てる立場になるとかも、悪くないハッピーエンドだよな。

「ちょっとわかるよ。チンコとか見てたら、あたしも子ども欲しいのかもって思うよ」

「いや、おまえはやめとけよ。子育ては絶対にムリだから」

「ルペに育てさせるよ。あたしは可愛がる専門」

「絶対にやっちゃいけないやつだろ……」

「産んでやろっか？」

「何を？」

「子どもに決まってんじゃん。あんたの」

俺が固まるのを見て、キズハは笑う。

「冗談だよ。本気にすんなバカ」

笑うつもりで息を吐いたら、普通にむせた。

いやいや動揺なんてしてないから。するわけないし。つまんねーギャグ。顔だって全然熱くないし、心臓だってバクバクしてない。むしろ無音だし。

「ん」

「んんっ⁉」

いきなり唇を奪われた。しまった、またケシコウモリの血か。

仮死体験を覚悟して、倒れたとき後頭部を打たないように腕でカバーする。でも、ぶっ倒れたりしなかった。

それはただの、キスだった。

「……そろそろ戻ろ」

ふいと離れ、チンコを抱えてキズハは先を行く。

後頭部から唇へ腕を移動し、やっぱり拭うのはやめた。

キスされたことに動揺してなかったから。それはなぜか、自分でもわからない。

ただ、そういう安い恋愛ドラマみたいなことを俺たちがしていた横で一番楽しかったのはチンコみたいで、それからも外に出たいと頻繁に要求するようになった。

「しかたないから裏庭で遊ばせてあげてるんだよね。朝早くとか」

「いや、見つかったらまずいって言ってんだろ」

「見つからないようにしてるから大丈夫なの！」

こいつが大丈夫というからには当然、大丈夫じゃなかった。

チンコの食欲と成長も留まることを知らず、朝夕二回の食事にも飽き足らず、キズハが裏庭で遊ばせているときに他の従業員たちの干しているパンツに手を出すようになっていた。

ボルド草は、洗濯物に残したまま乾燥させて最後に叩き落とす。チンコには絶好のおやつなのだ。

俺がそれを知ったのは事件になったときだが、キズハのやつ、一枚二枚ならいいでしょって感じで前からチンコの好きにさせていたらしい。

チンコの唾液は白くてネバネバしている。そんなのがついた下着は適当に捨てていたそうだ。飼い主の責任を放棄していたツケが、やっぱりやばいことになっていた。

「どうしよ。目を離した隙にこの子ってば、全部の下着にぶっかけちゃったの」

「ぶっかけたっていうな。あと、どうしてそんなになるまで放置してたんだよっ。しつけは飼い主の仕事！」

大量の下着はごまかしようがないので、洗濯しろと命じた。だけどキズハはポンコツだから洗濯したことないっていう。ルペママに頼むとまで言い出す。

できるか、そんなこと。

しかたないから俺が洗ってやることにした。いったん全部を俺んちに運んで、一枚ずつ洗って、え、これすげえやらしいとか、ルペママやハルがそういうの穿《は》いているところとか、ついつい想像してたら結構時間かかってしまった。

で、誰もいないことを確認して物干しの近くに置こうとしたところで、そこに落とし穴っていう古典的な罠を仕掛けられていたというわけ。

「おまえか、歩く性的好奇心っ」

てめえかよ、昭和の暴力ヒロイン。頼むから最近のマンガとかラノベとかも読んでくれよ。ヒロイン像をアップデートしていこうぜ。

しかも、この俺が下着泥棒扱いされて困惑する。そんなことするわけないだろ。パンツとか全然興味ないし。ただの最高の布じゃん。

でも、騒ぎを聞きつけて集まってきた従業員たちの中にキズハの姿を見つけて諦める。くそ、ここは任せろよ。おまえはチンコをどこかに隠せ。騒ぎに興奮して暴れちゃうかもしれない。

アイコンタクトがまさか通じると思わなかったが、キズハはうなずいてこっそり抜けていった。ハルの意外な緊縛技術で亀甲縛りにされたのは驚いたが、俺はそのままチンコと入れ替わるように納屋に放り込まれた。よかったじゃん、チンコを移しといて。

あとはこんなロープなんて引きちぎって……あれ？

全然、力が入らなくね？

絶妙な縛り方をされていた。きつくはないのに要所は確実に押さえられている。関節が動かなくて、抜けられそうもないんだけど。

マジであいつ、縛り上手すぎね？　娼婦ってこんなのも習うの？　注文に対応してくれるの？　じゃあ、これからはちゃんとオーダー組んでから来店しないとな。

奥の壁が開く音がして光が差し込む。ようやく来てくれたか、相棒。おせーよ。でも助かったぜ。

「…………」

キズハは、これまで見たことないほど不機嫌な顔をしていた。

「あんたさあ。ルペに入れあげてんのは知ってたけど、あの生意気女とも寝てたの？」

「ん、ハルのこと？　あぁ、まあ。昔な」

まあ、寝てたっていうかぶっちゃけ初めての相手だった。そういや、前になんかケンカみたいになってからはしてないな。俺がママといい感じになってるからだと思うんだけど。

「信じらんない。あたし、あいつのことすっごく嫌い。あいつと寝る男も嫌い」

キズハはますます苛立って、俺の首根っこを摑んでくる。いや、それよりもさっさとロープを解いてくれ。おまえらの仲なんて俺には関係ないし。

「あいつはいつもルペと仲良くしてる。ルペがお人好しなのに付けこんで独り占めしてる。ルペはあたしのママになる女なのにっ。あいつはあたしたちからルペを盗ろうとしてんだよ、卑怯だよ！」

俺には普段の彼女たちがどんな生活をしているのかわからない。ただ、ルペママとキズハが仲良しってことはないかなと思う。

たしかにママは優しくて健気で見た目ロリっぽいのに母性本能が豊かっていう命そのものが尊い存在だけど、結構きついダメ出しはしてくるし、相手を見ているところあるし、無差別に優しいわけじゃないってことくらい俺でも知ってる。

キズハはハルと似ていると最初に俺は思った。でも、全然違うってことも今なら知ってる。

ルペママは、たぶんキズハのこと好きじゃないと思う。

「あんただってそこムカつくと思うでしょ。いいかげん、あいつを追い出してやろうと思ってんの。なんか新人のくせに『自分はここの中心人物です』って態度も本当ムカつく」

いや、でも、キズハも他人のこと、わかってないわけじゃないんだ。

自分の都合のいいように思いたいだけ。いるいる。そういうやついるよ。いたよ。

あぁ、なんか、キズハのこと女として見られない理由がわかってしまった。絶対に口に出さないけど。

「そうだな、ハルはたしかにムカつく。いつも親切にしてやってるのに、俺のことまるでわかってくれない。いまだにオタクっていう偏見でしか見ないんだ。俺だってこっちで変わったのに。成長してんだよ」

「うんうん、わかる」

「あいつ要領だけはいいから、自分ひとりで何とでもなると思ってて。俺がどれだけその平和な生活に貢献しているのかも知らないし。そもそも初期の娼婦レベルが低いときに育ててやったのも俺っつーか。そういうのもあいつはわかってないっつーか。俺がいなかったら、どうやってこのきびしい異世界で生きていけんだよ」

「うん。……うん？」

「でも、そういうとこかもなって最近は思うんだ。ハルもこっちにきて変わった。毎日教室で見てた俺が言うんだから間違いない。強度を上げてきたっていうか、もしかして今が本当のハルなのかなって。俺だって負けてないつもりだけど、あいつを見てると、自分で思ってるほど成長してんのかよってたまに思う。なんだか……あいつのほうがこっちで輝いてるように見えるときがあってさあ」

「あのさ、あんた何の話してる？　あたしにもわかるようによろしく」

「ようするに、俺にあいつの悪口を言うのは十年早い。俺が一番あいつに詳しいんだ。友だちなんだよ、小山ハルは」

キズハの目が細くなる。こんなに感情が顔に出ちゃって娼婦とかできるの？

そんなんだから売れないんだぞ。

「……あいつの味方するわけ？」

「敵でも味方でもないよ。ただのクラスメイト以上ソウルメイト未満だ。それに、おまえもそうだよ」

「は？」

「誰かがおまえの悪口言ってたら、たぶん俺は気分が悪くなる。同じだよ。聞きたくないから、そう言ってるだけだ」

キズハは、ため息をついて俺から離れる。そして、ケシコウモリの血の瓶を取り出して一口含む。

「はぁ……」

官能的な吐息。それはまあいいとして、そろそろ解いてくれね？

「あんたって本当に変だよね。悪口やめろって。はっ、ガキか」

「うるせえな。恥ずかしくなるだろ」

「絶対に悪口を言わない女なんてルペくらいだし。誰でもあんなに強くなれるわけない。ムリだね」

ルペママは天使だから当然ああなのであって、平凡な女にあれほどの魂の純度は保てない。たしかにムリだね。

でもキズハは、「わかった」と言った。顔を上げた俺に間近まで近づいて。

「あんたがイヤだってんなら、しかたないからやめてやる。その代わり、あんたもあたしの前であの女の話はするな。あたしの話だけしろ」

ケシコウモリの血を口に含むと、キズハは俺に顔を近づけてくる。

「んっ……」

舌まで入ってきて、俺はそのまま気を失う。

亀甲縛りをされたまま。

*

《異世界転送まで五秒》

「――小山さん！」

なんだか、夢の中で久しぶりっていうのも変だけど、そういやしばらくは血を飲まされてなかったな。

懐かしき元世界の風景。ハルにも見せてやりたい気がする。でも、あいつには教えられない秘密だ。仮死という危険な賭けだって超えなきゃならない。まあ、俺だって強制参加だけど。

後ろからくる野球モブをかわす。もう何度目だよ。いいかげんにしなさい。

《異世界転送まで四秒》

で、このあと関口と野球モブは衝突する。ここまではいい。俺が知りたいのは、この先のｉｆの結末だ。

もしも俺がハルを助けなかった場合、トラックは俺とハルのどちらを異世界に連れていくんだろうか。

夢だとしても確信を得たい。俺は異世界に招かれたんだと。異世界で勇者になるのは偶然じゃないんだと。

アスファルトに広がるコーラ。本当に夢なんだろうか。匂いまでリアルだ。

怖くなる。もしもこれが現実だとしたら、現実はいつも俺の期待を裏切るから。

《異世界転送まで三秒》

トラックのタイヤはスリップ音をたてながら、スピードを緩めることなくこっちへ向かってくる。

後ろで誰かが悲鳴をあげた。だけど俺は走らない。トラックの進路が、俺たちのどちらかを決めるまで。

夢の中でも思い出すのはあの異世界の光景。ここが最低の世界だと知っているから、絶対に自信を持って次に行きたい。選ばれたのは俺なんだと。

なのに、くそッ！

俺は走り出す。出遅れを取り戻すために必死に。

選ばれたのはハルだ。

スリップするタイヤは、車体を傾かせながら確実に彼女のほうを狙っていた。

教室のカーストトップでミスコン代表で他校生にも人気があってイケメンの彼氏がいる小山ハルを。

彼女があれだけ嫌っていた異世界へ、たった一人で連れて行こうとしていた。

《異世界転送まで二秒》

「ちくしょおぉぉぉ！」

知りたくなかった。試さなきゃよかった。俺は選ばれた人間じゃない。ただの事故だ。

神様、俺にチートをくれたくせに。勇者候補だって言ってくれたくせに。ハルには何にもやらなかったじゃないか。それとも、俺が弱いからかよ。何にも取り柄がないから同情でもしてくれたのかよ。

こんなの間違ってる。異世界は俺を選ぶべきだし、ハルは置いていくべきだ。女には過酷な世界だろ。あいつ、向こうで何して生きてくと思ってんだよ。亀甲縛りだぞ。行くな。ダメだ。やめろ。

連れて行ってくれ。俺も異世界へ連れてってくれ。頼むから…ッ。

《異世界転送まで一秒》

——『コイツ誰だっけ？』

世界は灰色で、鉄の味がする。

その味に、俺は惨《みじ》めな安堵をしてしまう。

＊

最悪な気持ちで目を覚ますと、そこは埃のつもった汚い床だ。

ここは異世界、前の世界のことは夢。来たばかりの頃は、毎朝目を覚ますたびに異世界最高だって叫んでた。俺は人生の勝者だって。

なのに、もう、二度とあんな目覚めはないだろうなと思った。泣きそうになった。

「ちょっと怖いかも……」

何か揺らす音と一緒に声がする。

気づかなかったけど他に誰かいた。見上げたらパンツが見えた。

異世界、最高。

変な夢のせいでささくれだった気持ちはすぐに癒やされ、今の状況を思い出す。あのパンツとお尻は間違いなくルペママ。ここは納屋の中。

キズハの隠し出入り口が見つかったらしい。ママが今、そこから外へ出て行った。え、仮死状態のとこ見られたか？　もしかして、ケシコウモリの血をたしなんでいることもバレた？　そうしたらキズハのこともチンコも芋づる式に引っ張り出されるかも……

それはいろいろ最悪だぞ。

虫のようなチンコの鳴き声がした。首だけひねって外を見ると、さっき俺が嵌められた落とし穴から、チンコの先端とキズハの手が招いている。

幸い下半身は自由だ。俺はそそくさと納屋を抜け出し、落とし穴の中にダイブする。いい隠れ場所だ。

チンコを抱いたキズハが、じっと上目遣いでこっちを見ている。感情的になるとすぐに血を飲ませるこいつに文句を言うべきかと思ったけど、とりあえずこの場所を教えてくれ

いよな？

それよりも状況はどうなってんだよ。まさか血のこととか、チンコのこととかバレてな

キズハは、チンコをぎゅっとして顔を埋める。チンコがビクってなる。俺のほうな。

「ん」

「ありがとな」

た礼だけにしておいた。

「えええええええっ⁉」

納屋から誰かの悲鳴が聞こえた。え、何かあったの？

首を伸ばそうとする俺を、キズハが引っ張り戻す。

「見つかったらどうするの！　まだ隠れてなさいよ」

「いや、どういう状況になってんの。このまま隠れてて大丈夫か？」

「時間ないから説明はあと。とりあえず、ケシコウモリの血もチンコのこともバレてない。

でも次は部屋も見られるかもしれないから、チンコは納屋に戻しておいて。あたしはすぐ

に戻らないと、たぶんやばい」

「あ、あぁ。その前にこの縄を頼む。ハルのやつ、変態的に縛るのがうまくて」

ようやく女子高生による亀甲縛りから解放されて（なんだろう、自由と引き換えに何か貴重なものを失った気がするが）ひとごこちついた。

自由最高。あと、異世界最高。

「あたしとチンコのために、こんな目に遭わされて……お腹すいたでしょ」

「え？」

「これ、食べて」

キズハがケーキなんて持っていた。

なんだろうな。こんな言い方はもしかして失礼かもしれないけど、普通に毒にしか見えないな。

「あたしじゃないし。ルペたちが配ってたの。なんでかは知らないけど。で、たまたま一個余ってたみたいだから」

「そっか。悪い、いただく」

ん、甘いな。まあ、腹は減ってるから食べるけど、甘い物ってそんなになんだよな。女はこういうの好きみたいだけど。

キズハはなぜか俺の顔をじっと見てた。「すぐ戻らないとやばいんじゃなかったっけ？」と言ったら、慌てて「もう行く」と答えた。

でも、その前に俺の頬にキスをした。

「がんばろう。二人でチンコを守らないと」

ママとハルが通りのほうへ向かった隙に、キズハは娼館に戻っていく。その後ろ姿というか尻を眺めながら、最近疑問に思っていたことを考える。

あいつ、最近ますますキス魔だよな。あまりに客が取れなくて営業方針を変えたのかな？

俺がそんな露骨なテクに引っかかるわけないのに。この俺が心を動かされたのは、唯一、ルペママの打算なき真心だけだ。

そんなことを考えながら納屋に隠れてケーキをのろのろ食ってたら、ハルに見つかってまた亀甲縛りされた。なんなの、あいつ。いつも周回遅れで怒ってるよな。


また湖に行こうとキズハに誘われた。

別にかまわないけど、最近、ハルがキヨリと旅行に行ってるらしく、ルペママと二人っきりでのお食事チャンスが昼にあるので、ちょっと面倒だと言ったらまた手に歯型をつけられた。

ムカつく女だぜ。まあ、いいや。ママには明日は遅くなるかもって言っておけばいいだろう。

湖で、キズハとチンコと遊ぶ。なんだかこう、変な感じっていうか、平和だなと思ってしまう。いろいろとあったせいか、キズハともかなり仲良くなった気もしないでもない。

昼近くなっても、なぜか俺たちはあきることなく遊び続けて、そして釣り人も近所の人たちも帰ったのか、無人になった湖のほとりで。

キスをした。

押し倒して胸に触れても、キズハは嫌がるどころか嬉しそうな声を出した。

そこで驚いて手を離す。

心臓がバクバクした。俺、何してんだ？

「……どうしたの？」

キズハが言う。

「どうしたのじゃないって」

俺たちはそんなんじゃないし、ルペママに悪いだろ。

そう答えると、「ルペも他の男と寝てるけど」とキズハはしつこく絡んでくる。

ルペママもハルも娼婦が仕事だ。気にならないかといえば、まあ、百パーセント大丈夫とはならない。気になる。

だから俺は、あえてママとは寝ないことにしたんだ。

「そりゃ娼婦なんだからそれが仕事だろ。でも男と女には寝るよりも大事なことがある。そっちを選ぶってだけだよ」

そう。彼女たちは娼婦なんだから、やりたいだけなら簡単だ。でもそれって、攻略ルート的にはフラグにも好感度にもならないただの日常イベントだと最近気づいた。恋愛感情には効果がないどころか、むしろ体調によっては印象マイナスだ。

彼女を攻略するためには、昼間のデートイベントのほうが安全で効率がいいと思う。他の男と差別化できるし。

なのでそれを実践中。ルペママは近く攻略できると思ってる。

「ふーん。わけわかんない。あんたって、ほんと変なの」

キズハはそう言って服を直す。あぁ、俺も本当のこと言うとよくわかってない。だって女の子をリアルで攻略したことないし。

「ねえ、変ドレスレイン」

「永劫に止まない雨を意味するエンドレスレインな」

「じゃあ、もしあたしが娼婦をやめれば、抱いてくれるわけ？」

「は、やめるの？」

「もしもだってば」

え、でも、娼婦やめたのに抱いたら、それって俺たち……。

「帰ろ」

キズハは背中を見せて歩き出す。

あぁ、またいつものアレか。思わせぶりなこと言ってポイントだけ取りにくるやつか。

ったく、俺は騙されねーぞ。

また湖に来る約束をして、俺たちは別れた。

そろそろ夏も終わりかけていた。

最後の事件が待っていた。

——俺のチンコがなくなった。

いや、俺たちのチンコがいなくなった。

キズハが裏庭で遊ばせていて目を離したほんのわずかな隙に、チンコを見失ったという。

あんな大事なものを見失うのかよっ。これだから女にチンコは管理させられない。

「どこかボルド草のあるとこじゃねえの？　他の娼婦の部屋とか」

「探したよ。でもいなかった。チンコ、どこにいったのよぉ！」

「キレたいのはこっちだよ……飼い主なんだから、ちゃんと見てろよ」

「なによ、あたしにばっかり世話させといて、偉そうにっ。最初に二人でチンコを守るって言ったのはあんたでしょっ。さっさと見つけてきてよ！」

「あのなあ、どっちが悪いとかの話じゃなくて、そのとき見てたのはおまえだけなんだって。どこにいそうかもっと真剣に思い出せよ、キレてる場合じゃないだろ！」

俺はキズハを怒鳴りつけながら納屋に入った。もしかしたら手がかりの一つでもあるかなって。

入った瞬間に、背中がぞっと冷える。森でレベル高めの魔物の気配を感じたときと同じだ。

振り返る。入り口の上に何かが張り付いていた。チンコだ。まるで鹿とかバッファローの首みたいな感じでチンコが飾られていた。いいじゃん、それ。

「あ、チンコ!」

キズハが喜んで取ろうとする。だけど俺は彼女の手を引いて下がらせた。たしかにチンコはチンコだがチンコじゃない。ただのチンコじゃないんだ。近寄らないほうがいいと、俺のチンコが縮み上がっている。

そのとき、乾いた枝を折るような音をたて、チンコの皮にひびが走った。

「いって」

思わず自分の股間を押さえてしまう。しかし、ひびはますます大きくなる。あんなにふわふわして温かった体が硬く真っ二つに割れていく。

心配して近づこうとするキズハを押しとどめ、俺は剣の柄に手をかけた。

「何するつもりよ!」

彼女の叫び声と同時に、チンコの中から黒いものが飛び出して襲ってくる。オオサンショウウオを思わせるぬめっとした胴体。鋭い爪を持った手足。そして、ガラス玉みたいに大きく丸い無感情な目。

そいつは俺の右手に噛みついた。牙は細くびっしりと生えていた。激痛が骨まで響く。燃えるような痛み。左手でショートソードを抜いて、その魔物に向かって振りかぶる。

「やめて、あたしたちのチンコよっ。殺さないで！」

キズハが俺の腕にぶら下がる。だがそのチンコだった生き物は、さらに牙を食い込ませる。黒い目に俺の顔が映っていた。感情も意志もない瞳。映った人間を襲うためにある魔物の器官。俺たちの愛情なんて通じない。

――トロイだったのか。

俺たちが面倒をみて育ててきた間抜けで愛嬌のある姿は、本体の成長を隠しておくための木馬だったってわけか。

だったら対処法はいたってシンプル。このまま剣を振り下ろすだけだ。

キズハは、俺の腕にしがみついて必死に叫ぶ。

「あんたは手をあげないって言ったろ！　それはあたしたちのチンコだ。可愛いチンコじゃんっ。なんで殺そうとするのよ、ウソつき！」

噛まれた場所からじわじわと緑色の液体が広がっていく。毒だ。ボルド草を毒に錬成したんだ。

俺が『状態異常無効』じゃなかったら即死してた。こいつは凶悪だ。

目を見ればわかる。人とは絶対にわかり合えない知性をしている。それが魔物。外に出すわけにいかないし、キズハに触らせるわけにもいかない。ここで、俺が仕留めないと——

「二人で守るって約束したじゃんっ。一緒に湖にも行ったでしょっ。殺さないで！」

握りを換えて尖端を向ける。狙うのは目と目の間。やるなら一撃。痛みも感じさせねえよ。

「チンコを殺したら、あんたを殺すぞっ。マジだからっ。やめて、お願い！」

魔物の黒い目が、毒の効かない俺を関心から外して、キズハのほうを向いた。

俺はショートソードを突き下ろした。

納屋の中でうずくまっているキズハに、森で摘んできた花を一輪差し出す。彼女の瞳と同じ色をした青い花だ。

「この花が生えているところに埋めてきた。おまえの色だなって思ったから」

キズハはそれには答えず、俺に瓶を差し出した。赤い液体がなみなみと入っていた。

「言ったよね。殺すって。これ、全部飲んで。少しでも悪いことしたって気持ちがあるなら、飲んで」

あんたの顔は二度と見たくない。と、キズハは吐き捨てるように言う。口元を血に濡らして。

瓶を受け取り、「口移ししてくんねーの?」と、小粋なジョークを飛ばしたら舌打ちだけ返ってきた。

仮死状態がどれだけの時間になるとまずいのか正直言うと知らないけど、飲む前に宣言しておく。

「飲んでもいいけど、俺は死なないぞ。おまえを守るって約束したからな。チンコに」

たとえ飲みすぎで死ななかったにしても、仮死状態のときに心臓でも貫かれたら当然死ぬ。キズハが本気だったら俺は終わりなんだ。だけど不思議と、怖くはなかった。

「チンコは最後までおまえのことを心配していた。俺によろしく頼むって言ってたんだ。キズハってめちゃくちゃ精神不安定だし、仕事も不安定だし、生活力もないから自分がいないと大変だろうって」

血の匂い。これ、どうしてこんなに死を思わせるんだろうな。こっちの人間にとっては麻薬で、俺にとっては死と異世界転移の味。

きっと、これはバグアイテムだ。間違って置かれたものなんだろう。神様のミスか何かで。

「チンコから最後の言葉を預かってる。キズハたん、いつも美味しいやばい草の粉を食べさせてくれてありがとう。一緒にいれて幸せだったよ。体に気をつけてこれからも——」

「うるせえなっ。早く飲めよ！」

キズハは瓶を取り上げると、俺を押し倒し、自分の口に含んで口づけをしてくる。流し込まれる血。口を離して血を含んでまたキス。「死ね」と彼女がつぶやく。「おまえなんて死んじゃえ」と。

二人して真っ赤になりながら、俺はかつてないほど大量のケシコウモリの血を流し込まれた。

世界の味がした。悲劇の匂いがした。キズハの頬に伸ばした手は、払いのけられる。

＊

《トラック暴走事故まで六時間四十五分》
バス停でコーラ片手に立っていた。
曇った空に油っぽい匂い。異世界のからっとした夏がひっくり返ったような感覚。血の味を知る前の俺が、バスの到着を待っている。

え、マジ？　ここまで戻ったの？

カバンの中を開く。なつかしい教科書とノート。ライトノベル。ペンケース。スマホ。

無性にアニソンが聴きたくなって音楽アプリを起動して思い出す。ヘッドホンは壊れてたんだ。

少し冷静さを取り戻す。

ずいぶんとブッ飛んだな。あの日の朝の時点まで戻ってきたのか。きっと今回の夢はめちゃくちゃ長い。これもパノラマ記憶ってやつなのか？

滑り込んできたバスに乗り込み、あたりを見渡す。誰か知り合いを見つけて話しかけたいわけでもないのに、なぜか気になって毎朝そうしていた。何か起きてるんじゃないかと、塵《ちり》みたいに小さな可能性に期待してた。このときの俺は。

ラノベでも読もうかと思ったけどやめた。窓の向こうに流れる光景に目をこらす。

東京。

俺って、こんなでかいところに住んでたんだ。

情報が多すぎて疲れる。ちょっと田舎暮らしに慣れたせいだ。砦《とりで》と森と石畳の街並に。

思い出したら、今度はそっちの世界がなつかしくなる。戦争や事件の跡が生々しく残る魔王との最前線。まさかそんなのが本当に自分の体験になるとは思わなかった。

でもあれが、俺がずっと憧れていた土地だったんだよな。

「あー、その人知ってるかも。南高のサッカー部でしょ。あたし友だちだよ、たぶん」

次の停留所でハルが乗り込んでくる。ふわってなつかしい匂いがした。あっちの世界のときとは違う匂いだ。刺激が強く、しつこく鼻の中に残る匂い。

長くてゆるくパーマのかかった髪。軽く着崩した制服。

あぁ、これが小山ハルだよ。

なんていうか、二・五次元の役者にリアルで会ったような感じ。異世界の彼女と、俺が遠くから見ていた彼女と、初めて重なって本物のハルになった。それが見たかったような、見たくなかったような不思議な感覚。でも、小山ハルもやっぱりここで生きていたんだなと変に納得してしまう。

俺は深呼吸して、よしって決意して、もう一度息を吸った。

「おはよう」

少し離れた場所にいるハルに聞こえる声で、彼女の顔を見て挨拶をする。

周りにいる彼女の友人AとBは変な顔してた。でも、小山ハルは軽く口元で微笑んで。

「おはよ」

普通に友だちみたいに返してきた。

そのまま他校の男子についての雑談に戻る。俺のことなんてすぐに忘れる。

でも、全然こんなのでよかったんだ。ハルは声をかければ誰にでも軽く返してくる。だから簡単なもんだった。拍子抜けするほど。

俺は今日、初めて小山ハルと会話を交わした。

女は魔物じゃない。言葉も視線も通じる。

《トラック暴走事故まで六時間三十二分》

教室に入ったとたん、何か飛んでくる気配を感じてとっさに手が出る。

バチっと、手の中に野球ボールが収まった。

「うわ、ごめん。大丈夫か？」

野球モブが驚いた顔してた。あぁ、そうか。そんなこともあったっけ。

「平気だよ。ほら」

投げ返したときに重いと感じた。ついさっきまでクソデカソードを背負ったり振り回したりしていたこの俺が。

現実は重い。

「お、来たな」

カバンを置くと、隣の席の男が屈託ない笑顔を向けてくる。

関口。そういや隣なんだっけ。「観た？」と尋ねられたけど、とっさに何のことか思い出せなかった。でも空ダンのタイトルを聞いて、ぶわっと当時の記憶が甦る。そうそう、あのシーンは神がかっていた。

「ゆふみんが『揉みたいんですか？』って胸を近づけてくるとこな」

「き、きみはエッチなヤツだな！」

メガネをドリブルしながら抗議してくる関口に、俺は「全然普通だ」って笑う。おまえだって本当は好きだろ、ああいうの。

「それより俺、じつはさっきまで異世界に行ってて。うちのクラスの小山ハルと一緒に。剣も魔法もチートもあって、魔王とかもいる。レベルはすぐカンストするからスローライフ系の異世界って感じなんだけどね。あ、もちろん俺に絡んでくる女は美少女ばっかりだし、ほぼ全員と何かしたし」

ぽかんとした顔で聞いていた関口は、ややしばらくして「あぁ」とあいまいに相好を崩す。「なるほどね」と答えて目を背ける。同級生が中二病を発症したときの正しい対処法だ。

教室の真ん中では、小山ハルがみんなとわちゃわちゃやっていた。野球モブともじゃれ合っていた。さすがにそっちに混ざりに行く勇気は俺にはないけど。

「俺、小山ともヤっちゃった」

関口はまた困惑して何とも言えない表情になり、話を切り上げて教科書を並べだした。

信じるわけないか。

本当のことなのにな。

《トラック暴走事故まで四時間七分》

背もたれに体を預けて伸びをする。

退屈な授業だ。現代社会なんて学んだって役に立つわけがない。俺はこれから異世界に行くっていうのに。

ハルのほうを見てみる。頬杖をついてノートに何か書いてる。たぶんだけど授業と関係ない内容。今、この教室で俺とハルだけは勉強なんてしなくていい。もうテストも受験もない。

異世界のことを思い出してみる。森の中での戦闘。命を斬るときの感触。どれもリアルな記憶で、最後に俺が斬った魔物のことを思い出して目頭《めがしら》がツンとなる。

この机も教室もリアルな記憶だった。退屈な授業。いつもなら妄想でもしてヒマつぶししてたけど、本物の異世界を知ったあとじゃ——。

俺は不意に危機感を覚え、教科書を広げて読み始めた。

政治、経済、法律。この知識が役に立たないかどうかなんて、そういえばまだわからなかった。俺もすべてを知っているわけじゃないんだ。

時間はない。詰め込めるものは全部持っていかないともったいない。

もう二度と、ここには帰れないんだから。

《トラック暴走事故まで二時間十一分》

そう、もうすぐこの世界とはお別れだ。

「関口と千葉が今日の買い出し担当だ。俺も一緒に行くから頼むな」

野球モブに「了解」と答える。時間はまっすぐ流れている。

「あと女子のほうは浜澤と、アイリとモカ、放課後よろしく」

「え～」

アイリとモカという女子が、半笑いしながら「つらい」などと文句を言っている。

俺はシロナガスクジラ級のクソデカため息をついた。

おまえら言っておくけど、このあととても「つらい」どころじゃない衝撃的光景を見ることになるんだぞ。吐くんじゃねーぞ。

「あ、待って。あたしも行くー」

ハルが手を上げて、全員が揃う。

あの事故まであと二時間。

なんだか、胃のあたりがぎゅうってなった。

《トラック暴走事故まで二十分》

緊張していた。

もう少しで異世界転移が始まる。

やっと帰れるという思いと、また行かなきゃならないんだって気持ち。

思うんだけど、向こうの世界って本当にそんなによかったか？　こっちの世界でやり残したことなかったか？　今日って、そんなに最低の一日だったか？

ハルは、バスの中で「おはよ」って返してくれた。

俺は向こうの世界のハルも知ってるし、今日でここが終わることを知ってたから軽い気持ちで試してみたけど、それって何も知らずにチャレンジしても結果はたぶん同じだった。

毎朝乗り合わせるバスで、ほんの一言交わすくらいのこと、あいつは平気でしてくれる女だ。内心でどう思ってるかなんて知りようないけど、クラスメイトにはそれくらいするんだよ。

だから俺も試してみるだけでよかった。昨日のバスでも。なんなら、一年前でも。

「ありがと、関口っ。頼りになる〜」

ほら、そうだろ。

あいつはキモオタにだって愛想よくする女なんだ。あざといんだよ。だから俺だってそこから始められた。ちゃんと普通にイベントを踏んでいれば。

そして、異世界の小山ハルを知らないまま、顔見知りくらいにはなれるルートもたぶんあったんだよ。

そう考えると怖くなった。

やり残したことといっぱいあるような気がする。これまで失敗したことも、今だったらやり直せると思える。もったいなく思えた。

いや、違うし。俺には異世界で待っている人がいる。もうここの人間じゃないんだよ。

だから、もう。

「そういや、買い出しに行かないとな」

行かないといけないんだ。

《トラック暴走事故まで五分》

学校出た瞬間から自然と二グループに分かれ、俺と関口は後ろを歩いている。どっちつかずで困っている浜澤さんという女子とは、たしか一度カードか何かの話をしたことがあった。

俺はそのとき、思いっきり上から視点で語ったのも覚えている。もしまた、今度はこっちから話しかけたら彼女はどんな反応するだろう。

可能性についてうじうじ考えている。どうしようもなく手遅れになったこの状態から。

あと五分くらいで何もかも終わる。小山ハルはスクールカーストのトップから転落して、異世界で娼婦になる。底辺にいた俺は一時は評判の冒険者になるけど、レベルカンストして詰む。

あとはもう、地道な努力で登っていくしかない世界。奇跡も最初のチートで終わりだ。

本当に行くのか。俺はただのバーターだろ。でもここで生きるほうを選べるのか。ハルのいない世界で。

《トラック暴走事故まで二分》

そうか。この時点で俺は詰んでるのか。ハルを見捨てても、ついていっても変わらない。世界が変わったところで、俺が変わるわけじゃないもんな。

逆に言えば、ここで俺が変わったって別によかった。今日も簡単だったじゃないか。ハルじゃなくても、気の合う女の子がいたのかもしれない。こんな俺でも守ってあげたくなる子が、どこかで見つけられたのかもしれない。

「な、買い物が終わったらどっかで休んでいかない？」

野球モブが女子たちに提案する。

関口と、あと浜澤さんも顔を上げて後ろを振り向き、目が合った。

俺はすぐにハルのほうを見た。

《トラック暴走事故まで一分》

「あ、彼でした～」

着信音で画面を見て、ハルが嬉しそうな顔をする。

話は中断。前列のメンバーに先を行かせて、ハルは立ち止まって通話を始める。

一トーン上がったハルの声色は、娼館でも聞いた。髪に触るくせのある彼女が、その髪を異世界でばっさり切ることになるのを俺だけが知っている。

小山ハルという女子が、じつは結構ズケズケとムカつくことを言ったり、情が深いところもあったり、すぐ怒るしスケベだっていうことも、俺は異世界で知る。

知る前の俺は、たぶん小山ハルに恋をしていた。理由はめっちゃ見た目だ。美少女だからだ。

だから童貞をもらってくれて素直に嬉しかった。その節は本当にありがとうございました。

でも今は本命じゃないよ。おまえにとっても、俺は一度も本命じゃなかったと思うし。

やっぱり、セックスはするべきじゃなかったよな。時間かけたら、もしかして普通に友だちになれてたかもしれないし、今もおまえに恋してたかもしれない。

でもそれも今さらだよな。

俺はきっと、何度でもおまえを助けたくて走っちゃうだろう。異世界に行きたいし、ハルにかっこいいって思われたいし、ヤれるものなら絶対にヤりたい。

朝から曇っていた空が、ほんの少しの晴れ間を頭上に注ぐ。

まさに教室の頂点。オタクには高嶺《たかね》の花。

やっぱおまえ、最強に可愛かったよな。

俺はハルのスマホを取り上げて、勝手に通話を終了させた。

《トラック暴走事故まで三十秒》

「……は？」

ハルは眉をしかめる。

おまえが俺のこと知らないのは知っている。だから今から教えてやる。「おまえ誰？」って感じに。

「俺は、おまえを救う男だ」

ますますハルは怪訝そうな顔をする。でもウソじゃない。俺が先だ。トラックにはねられるのはコンマ何秒かだけ俺が早いんだ。

つまり、俺はその刹那の間だけ先に異世界へ行った。おまえを守った。

「おまえだけじゃない。ママもキヨリもキズハも俺が必ず救う。そのために異世界へ行く。やり直すんじゃなくて、始めるんだ」

「いや、全然言ってることわかんないし。なんなの、きみ？　怖いんだけど？」

「怖いのは今から始まることだよ。でも心配しなくていい。運命は変わらない。俺たちは死ぬ」

「マジ怖いんだけど!?」

遠くで何かを切り裂くような、タイヤの滑る音が鳴る。

《事故開始》

「あ、なんだあのトラック？」

先を行っていたグループが暴走に気づいた。

ここから猶予はだいたい五秒程度。

そしてたぶんだけど、俺がここに来るのは今回が最後だと思う。

《異世界転送まで五秒》

「──小山さん！」

関口が大きな声を出す。

でもあいつは間に合わない。野球モブもダメ。何度やったって結果は同じ。

だから俺は、ハルに背を向けて車道に踏み出していた。

《異世界転送まで四→三秒》

ただ今、記録更新中。小山ハルよりどれだけ早く異世界へ行けるか。あるいは今なら、トラックくらい片手で止められそうな気もした。

ハルはまだ何が起きているのかわからないでいる。野球モブも関口も転倒中。浜澤さんは悲鳴をあげている。他の女子たちも固まっている。

タキサイキア現象を起こしたらしい俺の周りで、時間がゆっくり流れ出す。

《異世界転送まで三↓一秒》

あばよ、世界。

おまえのこと大嫌いだった。でも次こそ俺はうまくやるから応援してくれ。教わったことは忘れない。うまい言葉は見つからないけど、もう時間もないし最後に何か言っておくなら、まあ「お世話になりました」って感じ。

ハルのほうを振り返る。やっぱり『コイツ誰だっけ？』って顔をしていてウケる。

おまえが俺を知るのはこれからだよ。俺も本当のおまえを知らない。

もしも俺たちに共通点があるとしたら、異世界に行って初めて本当の自分を知るっていうとこ。こっちじゃ俺は不器用すぎて、おまえは器用すぎたから。

みんなも聞け。俺が何者なのか教えてやる。これが最初で最後の挨拶。そしてさっさと忘れちまえ。

喉、張り裂けそうなくらい、叫ぶ。

「俺が紅のエンドレスレインだあああああぁぁぁぁぁぁぁぁぁぁッ！」

＊

――ルペママは、今日も元気なさそう。

俺はいつものように張り切ってしゃべる。

たぶん彼女は疲れてるんだろう。仕事の内容も内容だし、俺はなるべく聞かないようにしている。気になるけど聞かない。楽しい話しかしない。

好感度は爆上げ中だ。いつか嫁になりたいと言ってくるまで俺は待つからね。

「あなたは、将来どんな人になりたいの？」

根気よく雑談を続けていたら、いい質問がきた。

将来の話なら得意だ。ママに聞いてほしいと思ってた。

「神様をぶん殴る」

よりよい世界の再構築。そのための効率的なプランが俺にはある。

ぶっちゃけ、魔王を殴るのはあと数百年かけてもムリだろう。でも、あのポンコツ神様程度なら殴れると思う。もっと修行すれば。

そして世界のシステムを変える。スキルの分配を見直す。そのさいは性別による差もなくしたほうがいい。人類の底を上げるんだ。そうすりゃ魔王だって追い詰められていく。ママだって幸せになる。

それを神様にやらせる。てか、そもそもあいつの責任じゃん。ぶん殴って目を覚まさせる。それができるのは俺だけだと思うんだ。

ルペママは、感動して泣きだしてしまった。まいったな。そこまで真に受けられると本気でやらないといけないだろ。でも、これはおそらくクリティカルヒット。ママはきっと俺に惚れた。

ただ、たぶん時間はかかる。夢みたいなこと言ってるって自覚もある。あと、俺もそんなに真面目に修行ばっかしてないし、何回も挫折する自信があった。

それでも、もし待っててくれるなら。応援してくれたら。

「……本当に殴ってくれるの？」

小さなその手を包み込む。

いつか、ヒーローみたいに異世界《きみ》のこと救ってみせる。

ラーメンは青春だ！

麺処まるわ×JKハルコラボラーメン記念SS

ごぶさたしております。キョリです。

今日も私たちは、スモーブさんの食堂の『てらす席』（と呼ぶらしいです。屋外の席です）で、お茶を楽しんでいるところです。すっかり日課となった集まりで、気の置けないお友だちといろんなことをおしゃべりしていました。

ハルさんはいつものようにご機嫌で、たくさん冗談を言っています。ルペさんもかわいい声で笑っては、過激な内容になりがちなハルさんの抑え役をしています。私はあまり世間を知らないので、ハルさんの冗談も、かえってよいお勉強になります。とても自分には口にできない罪深い言葉ばかりですが。

でも、つまらないことを言ってもちゃんとこの人たちは聞いてくれるし、なぜか笑ってくれるので、ついつい私もここではおしゃべりになってしまうのです。とても楽しいんです。

今日のお茶は、とても薫り高いです。スモーブさんがご自分で調合したそうです。深みがあるのに、爽やかです。少し柑橘系の香りもします。これはひょっとしてハルさんをイメージして作られたんでしょうか。あとでぜひ配合を教えていただきたいです。

ケーキも凝《こ》っていて、崩すのがもったいないくらい。こんなに繊細なお菓子を作れる人は少ないと思います。

なんと愛らしい形でしょう。フォークを刺すのももったいなくて、ためらわれます。でも、勇気を出して一口いただくと、とたんにその優しい甘さにやられます。柔らかな舌触りも嬉しくなります。バニの香りやラズベの酸味が、次々と口の中に現れては、名残惜しく溶けていくんです。

もったいないと思っていたのに、食べたらもう手が止まりません。んーって体が震えます。上品な甘さに全身が喜んでいます。スモーブさんはすごいです。

きっと、ハルさんが喜んでくれるお料理を、真剣に考えて作っているからこそなんでしょうね。その強く優しい想いが、体の奥まで染み渡り、とても温かい気持ちになれます。

ご相伴《しょうばん》に預かれて私は幸せですね……本当に。

——突然、お皿とカップが激しい音をたてました。

ケーキのついたフォークを握りしめ、ハルさんが両拳でテーブルを叩いたのです。

私とルペさんは、驚いて肩をすくめます。周りのお客さんたちもこちらに注目しています。ドスドスと、スモーブさんまで厨房から出てきます。

ハルさんは、ゆっくりと険しい顔を上げ、言いました。

「ラーメン食いたい……ッ！」

私たちは、揃って首を傾げます。

『らーめん』とは、何のことでしょう。

わかりませんが嫌な予感がしますので、内心でハルさんに代わって神に謝罪の祈りを捧げながら尋ねます。

また、いつものいやらしい冗談でしょうかと。

「言わないよ、そんなことっ。そうじゃなくて、ちゃんとした食べ物の話。ずるずるっとして、体が温まるやつ。こう、びろーんと長くて、スープもこってりして、めっちゃうまいやつ。知ってる？」

ハルさんは真っ赤になって怒りました。

どうやら『らーめん』なるものを本気で食べたいらしく、たどたどしい語彙《ごい》力で説明しています。

ずるずる、こってり、めっちゃうまい、ですか。

見当もつきません。『こってり』とはなんでしょう。スモーブさんも思い当たるものはないらしく、太い首を傾げっぱなしです。外れそうで怖いです。

「やっぱ、ここにはないか……」

ハルさんは、がっくりしてしまいました。

なんだか、かわいそうな気がします。私しか知らないことですが、彼女と紅の千葉さんは違う世界から来た人。勇者様なんです。全然そうは見えなくても。

なので知らない世界で大変な暮らしをなさっているのですが、前に少しだけ聞いたところによると、ハルさんのいた世界とこちらは似ている部分がかなり多いらしく、暮らしていく上で困ることはそんなにはないと言っていました。おそらくですが、神様もそういう世界から勇者を選ばれたのかと。

でも、違うところも当然ありますし、技術や原料、仕組みがそもそもないものであれば、いくら欲しくても、彼女たちには手に入れることができないそうです。

たとえば、その『らーめん』みたいに。

「でも、一度食べたくなったら、忘れられなくなるのがラーメン…ッ！」

ハルさんは頭を抱えて苦しみ出しました。何なんでしょうか、らーめんとは。あぶない植物でしょうか。

「そんなに食べたいんだったら、ハルちゃんが自分で作ってみれば？」

ルペさんが、のんびりと鋭い解答を出します。ハルさんは、こう見えてお料理が上手だそうです。『夜想の青猫亭』で出すお食事を作ることもあるんだとか。

「無理なの。あたし、作り方を知らないものは作れないから。ラーメンって難しいし。まず、麺っていうのがスープの中に入ってるんだけど」

ハルさんは、両手で何かを摑んで、引っ張るような仕草を何度かします。

「こんな感じ？」

確かにこれは、大変そうだと思いました。

それでもスモーブさんは、「なんとかします」と力強く頷いていました。

＊

「たぶんだけどさー。麺はスポンジケーキ生地のお砂糖抜きでいいのかなって気はするんだよね。ほぼ同じかもって予感してる」

お店の厨房を使わせてもらって、ハルさんのあいまいな記憶による、らーめん作りが始まりました。

まずは『めん』というものです。

「できたらそれを、うにーって伸ばすの」

スモーブさんの大きな手が、生地をうにっと引っ張ったところで、弱々しく切れました。

これ、伸びるんですか？　延ばすのではなく？

私もこう見えてクッキーなどは得意でよく作るのですが、こんなやり方で伸びる生地だとは思えないです。

「でも、伸ばしてるの見たことあるもん。ラーメンって、細くて長いんだよっ」

ハルさんは懸命に説明しますが、そもそも正しい作り方を彼女も知らないのに、私たちに伝わるはずがありません。お互いに歯がゆい思いをしています。

彼女が言うには、『めん』というのは、細くて長くて、縮《ちぢ》れているそうです。

私は意を決して彼女に尋ねます。

ひょっとして、またいつものいやらしい冗談ではないのかと。

「キヨリはあたしのことをどんだけスケベだと思ってんのよっ。そうじゃなくて、あたしは真面目に麵を作りたいのっ。あー、もうどうしてうまくいかないんだろ……小麦で作るのは間違いないはずなのになー」

「コムギ？」

ルペさんが、聞き慣れない単語に反応します。ハルさんは「あー」と頭をかいて、「ギムリの粉のこと」と言い直しました。

違う世界のものを、こっちの世界の近いものに変換してから説明しないといけない。一番歯がゆい思いをしているのはハルさんですよね。私たちもしっかりお手伝いしないと。

「とりあえず『めん』は後回しにして、『らー』から完成させるのはいかがでしょうか？」

自分でも建設的な意見を出せたと思っていたのですが、「らーってなんだよ！」とハルさんにはツッコまれました。

それを私に言われても、わかるはずはないのですが。

「え……『ラー』ってなんだろ？」

ハルさんも自己ツッコミしながら首を傾げています。そこが不明であるのなら、私たちは何を作ろうとしているのでしょう。

「でも、そうだね。先にスープから作ろう。たぶんそれが『ラー』だ」

らーめんとは、スープの中に『めん』や他の具材を入れたものだそうです。そう言って説明してもらえれば、なんとなくですがイメージできる気がします。『スープ』や『シチュー』といったメニューはハルさんのいた世界にもあったそうで、それに近いものではないかと思われます。

ちなみにスープの作り方といえば、フォンの根やガラの実などを煮込んだものに味付けするのが一般的ですが。

「確か……動物の骨でだしを取ってたはず」

ハルさんのつぶやきに、鳥肌が立ちました。

そんなのを食べるなんて、聞いたことがありません。ルぺさんもスモーブさんも、驚いた顔を見合わせます。

「え、待って。私の住んでたところでは普通なのっ。本当に美味しいのっ。うそでなく！」

それにしても衝撃が強すぎました。肉を食べるだけならわかるのですが、骨を使うなんて。お肉をいただいたあとの骨は、業者さんが粉にして地に返すのが私たちの常識ですから。

そういえば、ハルさんは楽器を弾くのにも動物の骨を使っていたらしく、見かねたルぺさんが木で彫ってあげたそうです。

文化の違いというのは、驚きですね……。

「……ごめん。うそ。フォンの根でいい」

私たちが困っているからでしょうか。ハルさんは引き下がりました。

こちらのやり方でスープを作ります。正直、みんなホッとしていました。フォンをじっくり茹でると、とても美味しいスープになるんです。茹ですぎると油が出てしまうので注意が必要ですが、本当に上品なスープになります。

ら一、というのは結局わからずじまいですが、ハルさんの好きなソイのソースで味付けをして作ることにしました。

「麺は焼くんじゃなくて、茹でるんだよね」

ケーキ生地を茹でる、というのは初めて聞きます。スモーブさんが先ほどの麺を平たくして細く切り、お湯に入れました。

鍋の中で、生地は千切れたりくっついたりして、不細工な形になっていきます。それを見守る私たちの表情も、相当不細工になっていたと思います。

茹であがったと思わしき『めん』を、スープの中に入れました。これで一応、完成らしいです。本当はもっといろんな具材が載るそうですが、そこは「自由すぎてわかんない」だそうです。自由ってなんでしょうか。

とりあえず、いつもの『てらす席』に戻って、いよいよ実食です。

空気の張り詰めるなか、一口食べて、ハルさんは「うえっ」と言いました。

「ははっ、なんだこれ。やっぱ無理。ラーメンは無理かぁ」

ハルさんが笑うから私たちも笑いました。味見も遠慮しました。

変なモノを作ってしまいましたね。

そう言って、みんなで笑って――いきなり涙を落としたハルさんに、びっくりしました。

「……もう、二度と食べられないんだ」

フォークの間から『めん』がこぼれて、スープの中に落ちます。

両手で顔を覆って、ハルさんは絞り出すような声で言います。

「ラーメン食べたいよぉ」

ハルさんの泣いている顔を、私たちは時々見ます。こんな風に、急に泣きだすことが彼女にはあるんです。

シクラソさんを亡くしてからだと思います。きっと、こっちの世界でいろいろと我慢するのをやめたのかなと、想像しています。

でも、わかるのはそのくらいです。

彼女が思い出して泣くのは、私たちの想像力では届かない遠い世界のことなので。

「ハルちゃん、そろそろ店に戻らないと。ね？」

ルぺさんに背中を支えられながら、ハルさんは帰っていきます。「ごめん」と「ありがと」を、私たちに言いながら。

スモーブさんと私は、残された『らーめん』のお皿の前にポツンと（スモーブさんは「ボッツン」という感じですが）立ち尽くすだけです。

おそるおそる彼の顔を見上げると、真っ赤になって、唇を噛んでいました。

「え、待ってください」

スモーブさんが床を響かせながら厨房に戻っていきます。嫌な予感がして私は「失礼します」と中まで追いかけます。

ぐらぐらと沸騰する大きな鍋の前で、スモーブさんは鳥の骨を握りました。

「いけません！」

骨は地に返すもの。鳥や獣は命とお肉だけいただき、残りは原初の神に戻さなければなりません。植物の栄養にするのです。それが私たちの神の教えです。

食材にするなんて、シスターとして看過できない行為です。

「ハルさんは、違う文化の国から来た人です。私たちが真似してはいけません」

スモーブさんは、骨を元の場所に戻しました。それでも、大きな体は震えていました。

私は、そっとその背中に触れます。治癒のためでもないのに男の人に触れるなんて、はしたないとは思いますが、そうしないといけないような気持ちになってしまったんです。

「『らーめん』は、私たちには作れません。あきらめましょう」

スモーブさんは、何も答えてくれませんでした。

私もなぜかこの場を離れるのがためらわれ、店が閉まるまで、厨房のすみにスモーブさんと一緒に座っていました。店主のお父様も、どこまで察しているのか、私たちのことはほうっておいてくれました。

静かになっていく店内で、別の世界について考えます。

ハルさんと紅さんの生きてきたところは、きっとここよりも厳しい世界だったのでしょう。魔物も獣も大きく、食べるものも少なく、骨すら食べなければならないほど過酷なんです。

らーめん、というのもハルさんの世界ではご馳走だったに違いありません。命を削られるような熾烈で貧しい毎日のなか、温かいスープが唯一の楽しみだった彼女の生活を思うと、涙がにじんできてしまいます。

ふと、スモーブさんが何かをつぶやいているのに気づいて、見上げました。

「味は……こってり……思い出すと忘れられない味？」

スモーブさんは立ち上がると、「こってり？」ともう一度言いました。

ハルさんの説明で、私たちのわからなかった単語です。ひょっとしたら、いやらしい意味かもしれないので、あまり口にしないほうがいいのかもしれない単語です。

「ハルさんは薄味が好きなので、そのつもりで作ったんですが」

スモーブさんは、種火になっているコロナの実にエネオの束を投じます。大きな鍋でお湯を沸かし始めます。

「思い出したら忘れられない味、というのは、それだけ印象の強い濃い味、なのかもしれないです。こってりは、濃い味のことかも。自分の料理の味とは違うんだ……」

一瞬、また骨を入れるつもりなのかと思って焦ってしまいましたが、スモーブさんが入れたのはフォンの根とガラの実、その他にもたくさんのスープ素材でした。

普通じゃ考えられないくらい大量に入れて、火をさらに強くしました。

「朝まで、スープを煮出します。油も味も強く出るので、きっと濃い味になります」

そして次に、ギムリの粉に塩と水を混ぜて、こね始めました。

「ギムリの粉は、こねればこねるだけ弾力が出て、クッキーやケーキも固くなります。『めん』もきっと、よほどしっかりした生地じゃないと。ギムリだけでどれだけ伸びるのか、試してみます」

大きな手でギムリを固めて、何度もつぶしています。

お鍋の音と、スモーブさんの重たい体が生地をこねる音。

私にしゃべっているのかと思っていましたが、スモーブさんの声はどんどん小さくなり、独り言になっていきました。

「スープにも、工夫がいる。濃くて油っぽいだけじゃ、きっとダメだ。ハルさんの好きな味で、濃いまま調整しないと……」

私のことは、もう眼中にないみたいです。丸めて、つぶして、ブツブツとスープのことを考えています。

勇気を出して、後ろから声をかけました。「まだ諦めないんですか？」と。

スモーブさんは「はい」と答えてくれました。

「やれるだけは、やってみようかと」

同じ作業を続けながら、ずっと彼は『らーめん』のことを考えています。

ハルさんのことが本当に大好きなのですね。あの人のために、いつも真剣に料理をされているんですものね。

とても大きな背中なのに、なぜかちょっと遠くに見えました。どうしてか、急に寂しい気持ちにもなってしまいます。

自分でもよくわからないまま、私はまた余計なことを口に出していました。

「スモーブさんって、ハルさんのためならがんばりますよね」

どうしてこんな、意地悪な言い方をしてしまったのか自分でもわかりません。恥ずかしくて顔が熱くなりました。

でも、背中を向けているスモーブさんは私の恥など知らず、かえって照れくさそうに肩を揺すります。

「お客さんの食べたいものを出せないのが、くやしいだけっす」

その言葉の、どのくらいが本心で、どのくらいが照れ隠しなのか、私にはよくわかりませんでした。

そもそも人の気持ちを推し量るのが苦手という欠点のあるシスターです。時々は自分のこともわからなくなるほどです。とりわけ、男の人の考えていることなんて全然わかりません。

ですが、その「くやしい」って言葉は、私の心にスッと入り込んできました。

そうです。私も「くやしい」です。『らー』だか『めん』だか知りませんが、ハルさんを泣かせるなんてあんまりじゃないですか。

ぼさっとしている場合じゃなかったんです。やれることをやらないと、ですよね！

「どいてください。代わります」

「え？」

「これでもクッキーぐらいは作りますので。生地をこねるのは私がやりますから、スモーブさんは最高のスープを考えてください」

「さ、最高、ですか……」

そう、最高のです。

想像を絶する世界で戦い続ける人々が、ホッと心から一息をつける濃厚な癒やしの一杯です。

生半可な味ではないんです。

「……ポタの根をすりつぶして、スープにのばしてみるとか……」

「いいですね。優しい『こってり』って感じです。でも、濃すぎたりしませんか？」

「こってり、しても食べやすいように、乾燥させたトメの実で酸味と旨味を重ねます」

いや、とスモーブさんは天井を仰いで、「香りもいる」と目を閉じました。

「……トメの実はお茶につけて、香りを出します」

「いいですねっ。スモーブさんのお茶、私は大好きです！」

「え？」

スモーブさんは、驚いた顔をして私を見ます。

何か変なこと言いましたか？

「大好きですよ？」

もう一度言いました。スモーブさんはなぜか赤くなり、「ありがとうございます」とモゴモゴ言いながら、よろけてバケツの中身をひっくり返していました。何をしているのですか。

「さあ、スモーブさんは急ぎ『らー』を試作してください。『めん』は私にお任せください」

「は、はい」

なんだか楽しくなってきました。スモーブさんの初めてのお料理を、私は一番近くで見て、お手伝いもしています。

絶対に、ハルさんを驚かせてみせるんです。スモーブさんの『らーめん』が！

「世界を超えますよ、スモーブさん！」

「せか……え？」

「超えましょう！」

「は、はい！」

そうして明け方くらいになって、ようやく最初の一杯ができあがりました。白いスープに赤と緑が映えて、とてもかわいらしいお料理です。

スモーブさんは、私に試食させてくれました。緊張します。でも、とてもいい匂いで、じつは一晩何も食べていない私のお腹はさっきから鳴りっぱなしでした。

細いままスープに沈んでいる『めん』を、フォークに絡めて口に運びます。

「んっ」

思っていたよりも強い塩気と香りでした。でも、『めん』と一緒に嚙むとポタのまろやかさが口の中に広がり、ギムリ本来の味まで浮かび上がってきます。トメの実の香りも、つぶしたギネの葉の匂いも、『めん』がしっかり運んできてくれる感じです。

なんでしょう、これ。上手に表現できません。

間違いないのは、初めて体験する食べ物だっていうことで、この味と食感が、私の今まで食べてきた物のどこに位置するかを考えると。

「……おいしいです。とても不思議な味ですが」

心配そうにしていたスモーブさんが、拳をぎゅっと握り、突き上げました。そのまま腕を上下させ、変な踊りみたいなことをして、つられて私まで笑ってしまいます。

おいしいと、ただその一言でこんなに喜んでくれるなんて。男の人って、案外単純なのかもしれませんね。

「でも」

スモーブさんは、また表情を曇らせます。

これは『らーめん』じゃないから、ハルさんを満足させられるかはわかりません、と。

この人は、いつも自信なさそうにしているんです。こんなに美味しくてかわいいお料理を作れる人なのに。

「これでダメでしたら、次はアレを入れちゃいましょう」

私は、鳥の骨を入れてある容器を指さします。スモーブさんは、目を丸くして固まってしまいました。

「もうそれしかないじゃないですか。そのときは」

でも、この『らーめん』で充分おいしいと思いますけど。

私は初めての食べ物を堪能します。スモーブさんは、まだこわばった顔で私の食べっぷりを見ています。

そんなに心配しなくても、そのときは別途私から神様に懺悔の祈りを一ヶ月間捧げてやりますよ。それだけの話です。

ハルさんに追いつくためには、私たちの超えなきゃいけないものはいろいろあるんです。

だからあなたも覚悟しましょう、スモーブさん。

＊

もちろん、そんなのは杞憂でした。

いつもの『てらす席』で、スモーブさん作『らーめん』を目の前にして、ハルさんはじつに複雑な表情で一口すすり――じつに不可解な表情で、「なんだこれは！」と叫びます。

「いや、でも、確かに……ラーメンだっ。これはこれでラーメンっ。異世界のラーメンだ、これ！」

ずるずると盛大に音をたてて『めん』を食べ、ぐびぐびと『らー』を飲み（熱くないんでしょうか）、ハルさんは「ぷはぁ」と火照《ほて》った顔を上げます。

「うぅ……おいしい。おいしいよぉ。ありがとう。ラーメン、嬉しいよぉ！」

私は、隣のスモーブさんに手のひらを向けました。スモーブさんの大きな手が、遠慮しながらそっと触れて離れます。

なんですかそれは。私は思いきりパチンと鳴らしてやりました。

「ふふっ」

ルペさんが、私たちのほうを見て微笑んでいます。目が合うとごまかすように視線を逸らし、なのにもう一度こちらを見てモジモジするのです。

「なんでしょうか？」

「なんでもないよ〜。ふふっ。ハルちゃん、私も一口食べたいなっ」

「いいよっ。待ってて、ミニラーメン作ってあげるから。スモーブ、スプーン持ってきて。なるべく大きくて深いやつ！」

「は、はい」

ハルさんは、スモーブさんの持ってきたスプーンにスープを入れ、その中に一口サイズの『めん』を丸めて載せます。器用に他の具材も並べていきます。

「どーぞ」

小さなお皿みたいでした。なんですか、それ。かわいい。私もそれでいただきたいです。

ルペさんは、『めん』にフォークを絡め、慎重に口に運ぶと——

「こふっ」

湯気と香りにむせました。私たちは声を揃えて笑いました。

「楽しいね。みんなで食べるラーメンはおいしいね。青春だよ、青春の味！」

ハルさんはずっとニコニコしていて、最後の一滴までスープを飲み干しました。ルペさんも『らーめん』にハマり、追加で一杯食べてしまいました。

ひとしきり『らーめん』の話で盛り上がっていると、ハルさんは急に「あー」と難しい顔をしました。

「んー、別に、必要ないと思うんだけどね……もう一人、これを食べさせてやろっかなと思うんだけど、いいかな？　たぶん、うまいとは絶対言わないし、憎たらしいことしか言わないと思うけど。あたしの懸念と不安はすべて踏み抜いていくような男なんだけど。いいかな？」

誰のことを言っているのかは、全員がすぐにわかりました。

＊

「は、これがラーメン？　なめてんの？」

スモーブさんの『らーめん』を一口食べ、紅のチバさんは私たちの懸念と不安を確実に踏んづけて言います。

ルペさんが、「ふー」とため息をつきました。

「いやいや、何これ。ラーメン道をなめてるの？　言っとくけど、俺はひとたびラーメン店に入ったら、二時間はそこでグルメ漫画を読んでるラーメンの鬼だぞ。勉強の量が違うんだよ。あ、ちなみにラーメンのラーは『引っ張る』って意味な。引っ張って伸ばした麺がラーメンってことだから。諸説ありますが。ほら、俺は詳しいんだ！」

しかも、この人の口から私たちの疑問に答えが与えられてしまいました。

ハルさんは、奥歯を噛み鳴らしています。

「それにしても麺にコシが足りないな。グルテンだグルテン。強力粉ってこっちにないんだっけ？　まずそれを錬成してからだよなー、麺にこだわるなら。あとスープにパンチが足りないよ。たとえばここに唐辛子をわーっと――」

「栃木さぁ」

「千葉だけど何？」

「そんなに元の世界のラーメンが恋しいなら、イノシシ型モンスターにでもひき殺されて帰ればいいんじゃね？　あんただけ」

ハルさんの我慢の限界に到達しました。ちなみに私たちの中で、一番我慢の限界点が低いのが彼女です。

紅のトチギさんも、「あん？」と表情を険しくしました。彼も異様に限界点が低い人です。さぞや戦争の多い世界からいらしたのだろうと推察されます。

「人がせっかく親切にラーメンのこと教えてやってんのに、なんだよその言い方っ」

「教えろなんて誰も頼んでないし。こっちの世界ではこれがラーメンだし。それをあんたにも食わせてやろうって親切で呼んでやったんだよ。グダグダつまんないこと言ってないで、さっさと埼玉に帰れよっ」

いつものケンカが始まってしまいます。

でも、チバさんも文句を言いながら、ずっとスモーブさんの『らーめん』をズルズルしています。忙しそうに。

「帰るのはハルのほうっ。この異世界をRe: クリエイトする無敵のイノディエーター紅のエンドレスレインオルタ様を、こっちの世界が手放すわけねーだろっ」

「うざいよレベルどんづまり。そういうことはあたしの本気を見てから言え。レベル・バインド——解除」

「何それ。中二病？」

「てめぇぇぇぇにだけは言われたくないんだよォォォ！」

ハルさんは、顔を真っ赤にして足をジタバタさせます。

スモーブさんはオロオロしていますが、ルペさんはちょっと不満そうにその様子を見ていました。

彼女は、この二人のことを「仲がいい」っていつも言うんですよね。私にはとてもそうは見えないのですが……。

お二人のケンカは長引きそうなので、冷めてしまう前に、私も『らーめん』をいただきます。もちろんスプーンでミニを作って。

あ、やっぱり強烈なお味。でも体中に染みる感じです。ぽかぽかします。

そういえば、ハルさんはみんなで食べると『せーしゅんの味』と言ってましたっけ。『せーしゅん』とは、何のことでしょう。私たちに何か関係あるんでしょうか。今度、聞いてみないといけませんね。

どうせまた、いつものいやらしい冗談なんでしょうけど。

書店特典ペーパー「はじめてのクリスマス」

「で、その『くりすます』ってなに？」

いつものように二人でおしぼりをたたんでいたら、またよくわからないことを言い出したので尋ねてみると、ハルちゃんは「うがー」って怒り始めた。

「やっぱクリスマスないんだ！　本当しけた世界だよね。神マジ無能すぎ仏と替われ！」

ハルちゃんって、神様とか世界とか相手に平気で文句を言うよね。いつか天罰が下ったりしないか心配だよ。

「ルペちゃん、聞いて。クリスマスって一年で最高のイベントなの。なんかこう、キラキラして、ドキドキして、みんながパリピになる日なの。最高なのっ」

しかも説明が下手だから聞いてもわからないことが多い。

でも、ハルちゃんがこうやって熱くなってるときは、だいたい面白いことが始まる前触れだ。そこだけは信じて損はない。

「そうなんだ。私もその、ぱりぴ？　なりたいなー」

「でしょ、でしょ？　そうだよね、わかるっ。じゃあもう開催決定だね！」

ハルちゃんはみるみるご機嫌になり、くりすますの歌とかいうのを歌い始める。楽しそうでよかったね。

そろそろ仕事しようよ。


――後日、私はハルちゃんの提案に簡単に乗ってしまったことを後悔した。

『くりすます』に必要だからと、雪山に連れてこられ、大きな木の下で「今からこれを切り倒したいと思います」って宣言されたんだ。

「えっと……私たちで家でも建てるの？」

「まっさかー。ルペちゃん、面白すぎー」

前に私が編んであげた手袋をはめた両手を、いっぱいに広げてハルちゃんは言う。

「これをね、店の真ん中にドーンと立てて飾りつけるの。てっぺんには星もつけるよ！」

私は、ハルちゃんが持ち帰ろうとしている木を見上げる。本当に星に届きそうな高さだ。

面白すぎるのはハルちゃんのほうだと思う。

「どう見ても、店に入らないと思うよ？」

それに私たちじゃ運べないよって言ったら、「そっかー」とへこんでしまった。

「えっと、『くりすます』って木を飾るの？」

「それもそうなんだけど、木の周りをこう、キラキラさせたりもするの。かわいくっ」

「小さいのじゃダメなの？」

「いいけど、大きいほうが盛り上がる！」

うーん。どうしたいかよくわからないなあ。

でも、ハルちゃんは楽しみにしているみたいだし、何か考えてあげないと。

「そうだ。私のお客さんで錬成術の研究してる人がいるよ。家でたくさん木を育ててるって言ってたから、貸してもらえるかも」

「うそ、やった！　それでいこう！」

山からそのまま引き返し、お客さんの家に行く。私の言うことはなんでも聞いてくれる人なので、好きなだけ貸してくれた。

荷車も借りて店まで二人で運ぶ。ちょっと重たいけど、ハルちゃんは元気だった。

楽しいことを始めるときは、準備だって楽しいと彼女は言う。この街に来る直前まで、『がっこうさい』とかいう地元のお祭りの準備をしていたそうだ。

だけど始まる前に引っ越してきちゃったみたいで、それが残念だからなのか、いつもみんなで何かをやりたがるんだ。

「ルペちゃん、大丈夫？　重くない？」

後ろで荷車を押しながら、大丈夫だよと答える。私だって家にいた頃はお父さんの仕事を手伝って、こうして草を運んだりもした。ヒツジの世話は私の担当で、褒めたり叱ったりして言うことを聞かせるのは得意だった。

借金のせいで売られてなかったら、たぶんヒツジ飼いの人のお嫁さんになってたと思う。

「いつもこういうの付き合ってくれてありがと。ルぺちゃんって本当優しいよねー」

あなたにはもう何もないから笑っていなさいと、売られた日にママは言った。泣いてる私に笑うしか幸せになる方法はないと教えてくれた。

ママの手はあかぎれだらけで、ほっぺたを撫でられると少し痛かった。

「そんなことないよ」

「あるよ〜。本当、ママって感じだよね！」

自分が笑うためには、周りの人も笑っててくれないと困る。一人じゃ絶対に笑えないから、親切なふりしてるだけ。

私は全然優しくなんてない。ママのことだって今でも嫌い。自分も泣いていたくせに、笑えなんて言うママに私はなりたくない。

「あ、そうだ。スモーブのとこも行かなきゃ。大事なもののお願いしないと！」

ハルちゃんにも、そのことは言ったことがなかった。

あれからハルちゃんはスモーブさんのところに打ち合わせだって出かけたけど、私はそこまでの体力はないので遠慮させてもらった。

ベッドに足を投げ出して、うとうとしながら考える。結局、くりすますってなんだろ。家の中を森にして、おいしいものを食べるのかな。変な行事だな。ハルちゃんが好きそう。

あ、そうだ。思い出してベッド下から裁縫道具を取り出す。赤い三角帽子を作ってと頼まれてたんだった。

箱を開けると、ほどけた軍手が出てきた。

私の使い古しを、弟の靴下に編み直してあげようとして、途中で休んでたやつ。あのときはまだ、来年も村にいると思っていたから。

きっともう、こんなの履けないくらい足だって大きくなってるんだろうな。

どんな男の子になったかな。


それから何日かしたお休みの日、店を借りて『くりすますぱーりー』が開かれた。

お休みだけど常連さんたちも招待して、食べ物や飲み物も用意して、思ってた以上にお祭りになっていてビックリした。

私たちで運んできた木もキラキラ飾られていた。てっぺんには星まであった。

「それじゃみんな、ご唱和願います。メリークリスマース！」

ハルちゃんは頭に枝みたいのを立てて、お鼻に赤い実をつけて、あちこち盛り上げて回っている。マダムはちょっと困った顔をしているし、たぶん全料理を無償提供してくれたんだろうスモーブさんは、ハルちゃんとお揃いの枝と鼻を付けて満更でもなさそうだけど、やっぱりちょっと疲れているようにも見えた。

でもそのうち、ハルちゃんの勢いに押されてみんな盛り上がっていく。

マダムは、久しぶりに出したという、とっておきの食器の話をお客さんたちとしている。スモーブさんは、嬢たちにケーキが好評で、取り囲まれて真っ赤になっている。

ハルちゃんは変わった子だ。

誰でも知ってるようなことを知らなかったりもするけど、誰も思いつかなかったことを突然言ったりもする。独特な何かがある。

そういう子がこの仕事に向いてるとは思えなかったし、私はもし彼女が途中で逃げ出してもかわいそうなことにならないように、いろんなことを教えてあげる気でいた。

でもハルちゃんって、何度失敗して落ち込んでもすぐ立ち直るし、自分からやめるなんて言わない。根性が少しやばいって思う。

どうして、ここまでがんばれるのかな。私にはちょっとわからない。

「ルペちゃん、いい？」

こそこそと近づいてきたハルちゃんが、背中に隠していた包みを出す。

開けてみたら、たくさんの毛糸玉が、くりすますの木みたいに色とりどり入っていた。

「メリークリスマスっ。今日は大事な人にプレゼントを贈る日だよっ」

「え、そうなの？　くりすますって、そんなこともするの？」

「むしろこっちがメインだよー」

「聞いてない。何も用意してないよ、私！」

「いひひっ。言うの忘れてた、ゴメン」

絶対ウソだ。驚かせるために黙ってたんだ、この子。

「いつもありがと。あたしがこの仕事続けられてるのは、ルペちゃんのおかげだよ！」

照れくさそうに言うハルちゃんに、私のほっぺたも熱くなる。もー、ずるい。

「来年は、プレゼントは交換だからね？」

ハルちゃんは、「わかった」って笑う。

絶対だよ？

「さ、もちろんみんなにもプレゼントはありますよー。プレゼンターはもちろんあの男、ミスタークリスマス、サンタクロー……」

「うわあああああ！」

突然、暖炉の中に誰かが落ちて、「熱いぃぃッ！」と叫んで転がり出てきた。

いつも以上に赤みがきついチバくんだった。

「ちょ、千葉っ。バカ千葉っ。プレゼント燃えてんじゃんっ。どうするのよ、キヨリが死にそうな思いで焼いたクッキー五百枚！」

「いや、その前になんで暖炉に火がついてんだよっ。サンタさんが焼け死ぬだろっ」

「冬なんだから焚くだろっ。てか普通に玄関から来いよっ。サンタが本当に煙突から入ってくる演出なんて実際見たことねーよ、これだからクリパしたことない男子は！」

「ま、毎年してたよ、家族でっ。クラスのは孤高だったから参加しなかっただけで！」

よくわからないけど、またいつものケンカが登場してすぐに始まる。仲いいよね、この二人。

チバくんは、私の作った赤帽子も燃やしていたし、煙突で擦り切れたのか靴下もボロボロになっていた。何がしたいのか、本当にわからない子だった。

「あ、あれ？　ママ、ごめんなさい……」

じっと見ていた私が怒っていると思ったのか（別に気にしてないけど）チバくんはその場で土下座を始めた。

ハルちゃんやキヨリちゃんにお願いされてたからだけど、ちょっとこの子は、しつけが効き過ぎちゃってるところがある。

まるで叱りすぎたときの弟みたいで、こっちも困るんだよ。

「もういいよ。今度、靴下編んであげるから次は大事にして」

「イエーイ！」

「ルペちゃん、甘いってば！」

私たちの『夜想の青猫亭』は、今日はお休みなのにいつも以上に賑やかだ。みんな幸せそうで、誰かを喜ばせたい気分になっていた。

友だちとくりすますをやったって、ママに手紙でも書こうかなって、私も少しだけ思ったりした。

裏・いつかヒーローみたいに君のこと救いたかった

彼氏のことはめっちゃ好きなんだけど、最近ちょっとサッカーにハマりすぎてる感じで、あんまりかまってくれない。

そんなんじゃ浮気するぞって言ってんだけど、全然本気にしてないし。

あたしだって学校祭が近いから忙しいのに。

ステージ発表もやらなきゃならないし、ミスコンのクラス代表だし、優勝狙ってるし。

みんなで学校残って準備するのだって楽しいのに、サッカー部は大会近いからって準備免除みたいで、彼氏のほうはこの楽しさも全然わかってない。だからなのか、最近のあたしたちの会話って一方通行というか、話題を共有できてない気がする。

これすごく重要な問題のはずなのに、向こうは何にも感じてなさそうで、余計に憎たらしいのだ。

広げたノートの上に、ぐったり頭を載せた。

「さっきから何してんの？　なんか宿題あったっけ？」

「また誰かの似顔絵描いてるんでしょ。見せて見せて」

友だちのアイリとモカが、あたしの髪をびろーんとつまむ。

「ミスコンの原稿書いてたの。あれ自己紹介もやんないとでしょ」

「あんた真面目？　もうそれ完全にネタコンになってんじゃん。隣のクラスなんて男子が出るって言ってるよ」

「え、なんでミスコンに男子が出るの？」

「なんか、女子を容姿でどーだこーだって、去年あたりから先生の間で言ってたんだって」

「だから今年は見た目じゃなくて、学校祭を盛り上げてくれる女子か女装男子を選ぶって」

「なにそれ？　あたしそんなの聞いてないし。なんで男子とネタで戦わないとなんないの」

ミスコンなんだからカワイイで勝負させろよ。

知らないうちに面白コンテストなんかにされても困るよ。まあ、そこそこ戦える自信はあるけど。

「そーゆー風潮じゃん。女を見た目で上げ下げすんのハラスメントだよ」

「でも、あたしイケメン好きだけど」

彼氏だって、めちゃめちゃイケメンだし。

「それはみんな好きだよ」

「ねー」

「それよりハル、ウケる。なにこの『私の長所：根性がある』って。あんたの根性なんて、わたし見たことないけど」

「うっさい。じゃあもうこれもいいや」

途中まで書いてた自己紹介文もぐしゃぐしゃに消した。

私の短所：気が短い。

「面白コンテストだったら、あたしもなんかネタしなきゃなー」

「ていうかさ、ハル。わたしは学校祭までに男作りたい！」

「知らないよ。さっさと作ればいいじゃん」

「できれば苦労しなーい」

恋活中のアイリは髪をかきあげて、わざとらしいため息をつく。その視線は、男子の輪にいる斉藤《さいとう》を見ている。

彼は全然こっちを気にしてなかった。アイリは、今度は本気のため息をついた。

斉藤は、普段は目立たないくせに意外とスポーツできるやつで、体育祭の野球で大活躍し、この夏女子の間でバズった男だ。

「アイリ、意外とマジなの？」

モカが聞くと、アイリは微妙な笑顔を浮かべて「付き合ってはみたいかな」と答える。

へー。そうなんだ。あれと。

「学校祭を一緒に回れる彼氏がいいし〜」

「わかる〜。てか、あたしんとこの彼っぴ、学校祭スルーしそうなんだけど」

「別れろ別れろ。わたしと新しい男探そうぜ」

「やだよ。めんどい」

そのとき、あたしのスマホがラインの着信をバイブした。

でも斉藤がこっちを見てたから、ここでスマホ出すのは踏みとどまる。

「あたしトイレ」

「付き合っちゃるか？」

「いい、いい。マジのやつだから」

「なんだよマジって」

少なくとも、アイリの前では見ないほうがいいやつだ。

個室の中で確認する。

やっぱり、斉藤からだった。

『放課後、教室展示の買い出しあるんだけど。アイリとモカも。今日はステージ練習ない日でしょ？　ハルも行かない？』

一応うちのクラスではお化け屋敷をやることになっていた。

ただ、あたしはステージ発表でやるオタ芸メンバーの一人だし、ミスコン担当なのでそっちとは関わりない。

『なんで？』

『俺が来てほしいから笑』

『じゃ行かない』

『なんで笑』

体育祭の打ち上げで、女子みんなで斉藤とライン交換した。結構ひんぱんに送ってくるから、意外とSNSでうるせー男だと思ってたけど、じつはあたしにだけだったみたい。

こないだクラスみんなで遊びに行ったときも、家が遠いあたしを送るとか言って二人きりになったし、手をつながれたりもした。

「彼氏いるんだけど」

あたしはちゃんと言った。斉藤は「知ってるけど」と、緊張した顔で答えた。

そのとき彼氏はサッカー遠征中。涼しくていい感じの夜。なんとなく体育祭でイキってたときの斉藤よりはよかったので、まあ、手ぐらいいっかと駅まで送らせた。

それだけだったんだけど。

『じゃあ学校祭は俺と回らない？』

やっぱり手は繋がせるんじゃなかったと反省してる。調子に乗せてしまった。

軽い女に見られるのは別にいいんだけど、チョロい女だと思われるのは普通にムカつく。

でもアイリじゃないけど、学校祭は楽しみたい。彼氏不在は少し寂しい。

寂しい顔をして、そこにいたくないんだ。あたしという女は。

『おい彼ぴ。今日の予定は？』

斉藤をいったん無視して、彼氏にラインを送る。

そっこーで、サッカーボールの絵文字がリターンされてくる。

そんで放課後、一緒に歩くアイリとモカと斉藤と、あんまり絡んだことない人たち。

やっぱアフロ買ったらすぐ帰ろうと思った。

あと、なんでアフロだよって、だんだん冷静になってきた。スベるに決まってんじゃん。

えぐい水着でも着たほうが炎上してウケるかもね。来年はミスコン廃止にしてやる。

「アフロってウケる。てかハルのこの髪、ちゃんと中に収まるの？」

「触んな。あ、アイリの黒髪ならそのままパーマかければアフロ決まりそうじゃない？」

「なんでわたしがアフロ決めるの～」

斉藤がさっきから絡んでこようとするから、そのたびにアイリのほうへ流してる。あたし、なにやってんだ。アイリもさっさと自分で何とかしてくれ。

地味に疲れる。いや地味にじゃなく、そもそもなんでこのツアー来ようと思った、あたし？

悪いくせが出ていた。退屈よりもマシかと思ったら、とりあえず何にでも参加しちゃう。そんですぐに面倒だなと思ってしまうんだ。

まあ、そんなことは顔に出したりしないけど。出せたほうが少しはいいのかもしんないけど。

「でもさ、スパムメールってウケるの多くない？」

斉藤があたしの腕をつつきながら言う。あたしはスマホをアイリに見せて応える。

「ある。これ見て、『岩田だけどAKIRAさんがアド変したから連絡します』だって」

あたしがマジ大好きなグループの人たち。歌って踊れるイケメンって神だと思う。

「やったじゃん、ハル好きでしょ」

「本物だったらどうしようって思ったよね」

「いや、ないから。騙されてるから」

「あはは。ウケる～。ハル、他にないの？」

斉藤が、あたしの肩にけっこう強めのツッコミ入れて、その反対側からアイリがわざとらしく笑う。

しつこいスパム。しつこい男。しつこい女。

全部断捨離したら、すっきりするのかもって時々考える。ぐわーってなる。

中学時代に最悪になりかけたことを考えれば、あたしは高校で成功したんだ。こうやって友だちがいっぱいいてワイワイするために、わりとがんばったし、いろんなこと覚えたし、身につけてもいる。

でも、正直に言うと思ってたよりそれは簡単だった。あたしはたぶん、どこに行ってもうまくやれちゃうタイプなんだ。

つまりこの退屈と面倒は、よっぽど変なことにでもならないかぎり、一生ついてくる。

刺激がほしいなんて思わないけど、たまにぶち壊したくなってもしかたないよね。

「あとこれ、『アドレスをクリックしたら異世界に飛ばされたけど質問ある？』だって」

ウケるよね。別の世界なんてあるわけがないし、どこに行っても自分でしかないのに。

あたしはあたしを変えてくれるような何かを、待っているのかもしれないなー。

「な、買い物が終わったらどっかで休んでいかない？」

斉藤がなんか言ったと同時に、またスパムがきた。

さっきこないようにしてもらったばかりなのに。なんで？

『世界が変われば、誰だって変わりますよ』

は？

また異世界系かよ……と、思ったら着信も入った。あいつから。

「あ、彼でした〜」

うそ、部活中じゃないの？

ちょっと嬉しいんだけど。

「ごめん、先に行ってて」

休憩タイムだったとしても、あの男が自分からあたしに連絡してくるなんて珍しい。しかも「突然声が聞きたくなった」とか、ちょっと恥ずかしいこと言ってるんだけど。なんかあったのって聞いたら、逆に「そっちは何もないの？」と心配そうにしていた。胸騒ぎするって。

浮気するぞって前に言っちゃったせいかもしれない。するわけないのに、バカだな〜。嬉しくなって、いっぱいしゃべる。すっごい会いたくなる。すっごくしたくなる。付き合い始めたときみたいに。

学校戻ろうかな。買い出しとかどうでもいいし、部活終わるまで待ってようかな。

そんで、手をつないで一緒に帰りたい。

ぐちぐちした気分が、好きな男の低い声でくすぐられて晴れる。あたしって単純だけど、そうやって生きるのが一番健康にいい。

好きな人がそばにいて、好きなことだけをして、それ以外のことはうまくやりつつ楽しい人生を――

「小山、あぶねえ！　うおおおおおおッ！」

なんかうるさいなと思ったら、トラックが車線無視してこっちに走ってきていて、さらに違う方向からは、ニキビ面の男子があたしに向かって突進していた。

……コイツ、誰だっけ？

それがあたしの、この世界で最後のつぶやきだ。

本書は同人誌で発表された作品に加筆修正を加えて文庫化したものです。フィクションであり、実在する人物、団体などとは一切関係ありません。

また、本書は異世界の物語です。著者に青少年保護育成条例を否定する意図はございません。その点をご理解いただけますよう、お願い致します。

know

野﨑まど

超情報化対策として、人造の脳葉〈電子葉〉の移植が義務化された二〇八一年の日本・京都。情報庁で働く官僚の御野・連レルは、あるコードの中に恩師であり稀代の研究者、道終・常イチが残した暗号を発見する。その啓示に誘われた先で待っていたのは、一人の少女だった。道終の真意もわからぬまま、御野はすべてを知るため彼女と行動をともにする。それは世界が変わる四日間の始まりだった。

ハヤカワ文庫

著者略歴　北海道生，作家。『JKハルは異世界で娼婦になった』でデビュー

HM=Hayakawa Mystery
SF=Science Fiction
JA=Japanese Author
NV=Novel
NF=Nonfiction
FT=Fantasy

JKハルは異世界《いせかい》で娼婦《しょうふ》になった summer

〈JA1407〉

二〇一九年十二月 十 日　印刷
二〇一九年十二月十五日　発行

（定価はカバーに表示してあります）

著者　平《ひら》鳥《とり》コウ
発行者　早川浩
印刷者　草刈明代
発行所　株式会社 早川書房
郵便番号　一〇一 - 〇〇四六
東京都千代田区神田多町二ノ二
電話　〇三 - 三二五二 - 三一一一
振替　〇〇一六〇 - 三 - 四七七九九
https://www.hayakawa-online.co.jp

乱丁・落丁本は小社制作部宛お送り下さい。
送料小社負担にてお取りかえいたします。

印刷・中央精版印刷株式会社　製本・株式会社川島製本所

ISBN978-4-15-031407-1 C0193

本書は活字が大きく読みやすい〈トールサイズ〉です。